인생이라는 멋진, 거짓말

인생이라는 멋진,
거짓말

이나미 지음

어쩌다 보니 황혼,
마음은 놔두고
나이만 들었습니다

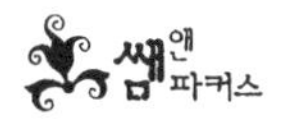

목차

2부 우주가 선사한 우연한 현상

3부 그냥 벌레 같이만 되지 않으면 좋겠다

나가는 글

들어가는 글

한 점 먼지와 같은 찰나, 그럼에도 빛이 났던 우리의

죽을 것 같이 힘든, 아니 차라리 죽고 싶을 때가 누구에게나 있을 것입니다.

하지만 어느덧, 도대체 무엇 때문에 그리 힘들었는지 아득하게 남의 일 같이 느껴질 때도 또 거짓말 같이 찾아옵니다. 아마도 그래서, 아무리 힘들어도 웬만하면 다들 어찌어찌 견디는 모양입니다.

무언가에 대한 열정으로 혹은 누군가에 대한 애정으로, 뜨겁고 의미 있게 사는 사람들 사이에서, 이도 저도 아닌 듯 미적지근하고 산만하게 지나온 궤적이 부끄럽습니다.

멋모르고 벌렸던 일들과 어쩌다 맺은 인연 때문에 책임감으로 버텼던 것도 같습니다. 조금은 덜 힘들고 덜 상처받고, 덜 아프고 싶어서, 이리저리 용쓰며 살다 보니 어느 자리에서는 이제 '어르신' 소리를 듣게 되었네요.

물론 사랑으로 가득한 행복했던 시간도 있었고, 크고 작은 성취감을 느꼈을 때도 있었지만, 어르신 소리를 들을 자격이 있을 만큼은 아닌 것 같은데 말이죠. 어쩌다보니 이렇게 나이만 먹었습니다.

문득 지난날들을 돌아보자면, 행복하고도 불행했던 그 많은 순간들이 정말 거기에 있었을까 싶습니다. 흘렸던 눈물도, 누군가에게 뱉은 독한 말들도, 자책과 원망으로 잠 못 이루던 밤들도, 흔적도 없이 사라져버린 듯합니다.

겨우 이렇게 될 줄 알았으면 좀 덜 분노하고 좀 덜 집착하고 좀 덜 애썼을 텐데 하는 아쉬움도 있지만…. 또 반대로 분노해야 할 때 제대로 분노하고 끈기 있게 더 버티고 포기하지 말고 최선을 다할 걸… 하는 후회 역시 듭니다. 역시 어리석은 자신에게 또 속은 것입니다.

진실하지 못한 사람들과 모순 많은 사회를 짐짓 심각하게 걱정도 해보지만, 따지고 보면 사람들이 나를 속인 것보다는 내가 나 자신을 속인 죄가 수십 배 수백 배 더 큰 듯합니다. 알고 한 거짓말과 모르고 한 거짓말, 또 그 거짓말 때문에 생긴 후회를 모으면 태산이 될 것 같습니다.

'그럼에도 불구하고' 그런대로 잘 버텨낸 나를 그래도 위로하고 칭찬하고 싶습니다.

혹 자신의 인생이 얼마 안 있어 아무도 기억하지 못하는 '무無'로 돌아간다고 하더라도, 사는 동안 남에게 상처 주지 않으려 무지 애를 썼고, 이름을 떠올리면 추억으로 미소라도 짓게 만드는 따뜻한 사람이 되고 싶었습니다. 그러면 된 거 아닐까요.

아름다운 지구에서의 찰나, 생겼다 없어지는 한 점 먼지에 불과한 '거짓말' 같은 인생. 그럼에도 내 영혼은 나를 기억하고, 또 내가 사라진 후에도 나를 기억하는 이들이 있기에…. 감히 이 찰나의 거짓말에 '멋진'이라는 수식어를 붙여주고 싶습니다.

이나미

1부

홀로 서는 법을 절대 잊어버리지 말고

다른 세상으로 가는 웜홀

나이가 들면서 가장 무서운 것은 늙거나 죽는 것, 그 자체가 아니다. 그보다는 분명 살아 있지만 "그 사람, 왜 빨리 죽지 않지?" 하는 소리나 듣는, 쓸모없거나 남들에게 폐만 끼치는 할 일 없는 존재가 된다는 사실이다. (아, '쓸모없음의 쓸모無用之用'를 가르쳤던 장자가 보고 싶다오!)

어쨌거나 누구는 아주 열심히 건강 관리를 하고, 누구는 인맥 관리를 성실하게 하고, 또 누구는 열심히 봉사하며 산다. 그러나 죽음에 이르는 과정은 평화로운 안락사를 선택하는 소수의 사람을 제외하고는 예외 없이 자신의 의지나 계획과 다르게, 대부분은 어이없고 슬프게, 때론 끔찍하고 잔인하게 흘러간다는 것이다.

내가 운명을 헤쳐나가는 것이 아니라 운명이 나를 좌지우지하는 것임을 절감하게 되는 순간, 그동안 절대로 포기할 수 없다고 주장했던 '인간으로서의 존엄성' 자체마저 어쩔 수 없이 포기해야 할 때, 우리는 진실로, 정직하게, 있는 그대로 무력하게, 죽음이라는 엄청난 블랙홀에 빠지게 된다. 태어날 때의 그 무력한 그 모습으로.

내가 무언가를 할 수 있다고 생각한 내 인생 전체가 혹시 하나의 꿈이었을까?

블랙홀 그 이후는 어디로 가냐고? 글쎄, 지금으로서는 블랙홀이 아니라 다른 세상으로 가는 웜홀이라고 믿으며 희망을 가지고 현재에 충실하게 사는 게 나에게 좋은 것이 아닐까?

검증할 수 없는 것을 검증하려 애쓰지 말고 말이다.

아주 늙지도 않고, 아주 젊지도 않은

코로나19 생활 치료 시설에 반대해 지역 주민들이 찻길을 막고 데모를 한 적이 있다. 바이러스가 몇백 미터씩 이동하는 것도 아니지만, 아이를 키우거나 노인인 경우 걱정이 될 수 있을 것이다. 그들의 불안을 잠재우기 위해서라도 서울대학병원에 근무하는 의사인 내가 자원해서 환자들과 지내겠다고 하면 좋지 않을까 하는 생각을 해보았다. (실제로 생활 치료실에서 숙식을 하며 중환자실 환자들을 돌보는 헌신적인 젊은 의사들이 있다. 나처럼 말보다 행동이 앞서는 훌륭한 이들이다.)

그런데 나 같은 노인이 나서면 당연히 가족들이 펄쩍 뛸 일이다. 금방 죽는 것도 아니고 후유증이라도 생기면 아들, 며느리들에게 짐만 안기는 것이기 때문이다. 게다가 손주를 봐줘야 하는 할머니가 어쩌려고? 열심히 일하는 아들, 며느리들의 일상이 '셧다운' 되면 그게 더 비도덕적인 일이 아닌가?

'솔직히 손주를 몇 주 보지 않으면 내게는 휴가인데…' 하는 생각을 속으로 살짝 했다. 그런데 진짜로 걱정되는 것은 협심증을 앓은 내 심장과 만성기관지염을 앓았던 내 폐가 코로나19에 접촉해 무너지면, 다른 의료진들에게 큰 폐가 될 수 있다는 사실이다. 이거야말로 민폐다!

그러고 보니 성당에 가서 매주 주보를 읽다 보면 대개 봉사활동이 55세 이하, 혹은 60세 이하라 은근 마음이 토라질 때가 있다. 아. 이제 나는 어디 가서도 환영받지 못하는 나이구나. 나이로 차별하다니 젊은이들은 이런 마음을 알까.

꽤 오래전, 저소득층 아이들의 방과후 학교에 가서 몇 년 학습 봉사를 한 적이 있다. 그런데 어느 날부터인가 아이들은 나와 공부는 하지 않으려 하고 "케이크 사주세요.", "아이스크림 사주세요." 하는 돈 이야기만 하는 게 아닌가. 젊어서 아르바이트를 할 때는 꽤 괜찮은 과외 선생이었는데, 가르치는 것도 심드렁하고 존재 자체가 매력이 없다는 뜻. 노인은 인기가 없다는 얘기다.

그래도 꾸역꾸역 가려고 했는데, 아이들을 관리하는 젊은 사회복지사 선생님들도 내가 오면 시큰둥하고 본 체 만 체하는 눈치다. 어디 가서 대접받으려고 봉사하는 것은 아니라며 마음을 달랬는데, 어느 날 잘생긴 외모의 남자 대학생 봉사자가 오니 방과후 학교 교사들, 학생들의 눈에서 반짝반짝 빛이 나며 모두 달려가는 것이 아닌가. 순식간에 나는 마치 투명인간이 된 기분.

마침내 깨달았다. 그들이 내게 원하는 것은 어둔한 내 일손이 아니라 나의 돈, 그냥 걸리적거리지 않고 후원해주는 것이라는 것을. 그 후부터는 나서서 젊은 사람들 틈에 끼여 무언가를 할 때 신중해진다. 내가 무엇을 해서가 아니라, 내 존재 자체가 불편할 수 있다는 것. 내가 아무리 꼰대 짓, 노인 짓을 하지 않으려 노력하고 그냥 앉아만 있어도 꼰대로 비칠 수 있다는 것.

사랑은 내리사랑이라 나이 든 사람을 젊은 사람이 진심으로 좋아할 확률은 참으로 낮은 게 정상이다. 기왕이면 젊고 싱싱한 꽃이 좋은 것은 자연의 이치니 그냥 받아들이자. 젊은이들처럼 똑같이 대접하고 아는 체해주어야 한다고 생각하는 것 자체가 꼰대 짓!

아, 그런데 나도 사실 양로원 봉사는 좀 버겁다. 삼십여 년 같이 산 시어머니만으로 충분하다는 느낌이다. 게다가 노인 아파트에 혼자 사시는 어머니도 자주 찾아뵙지 못하면서 어떻게 양심 없이 다른 노인을 찾겠는가. 어머니도 손주나 증손주가 환갑 된 딸보다는 훨씬 더 반갑고 예쁘다 하시지 않는가.

아마 이래서 아주 늙지도 않고 아주 젊지도 않은, 노인도 아니고 중년도 아닌 어중간한 이들이 그렇게 떼로 몰려다니며 카페고 식당이고 여행지를 시끄럽게 만드는 모양이다. 나이로 대우받기도 뭐하고, 그렇다고 나이 든 사람들 섬기기도 뭐하고. 결국 다른 세대 사람들 눈살이나 찌푸리게 만드는 건 아닌지 반성해야겠다.

홀로 서는 법

아들, 며느리, 손주가 사돈댁으로 가 꽤 오랫동안 머물 때는 해방이 되는 느낌이다. 아이 없는 집이라 썰렁해도 모든 것을 노인에게 맞추며 살 수 있다.

마당에 쫓겨난 강아지들을 만져주고 예뻐해줄 수 있는 시간이 넉넉해졌다. 정신없이 바쁜 아들, 며느리 생각하며 안 먹는 반찬이라도 더 해주고 싶다는 마음 가질 필요가 없으니 아침저녁으로 여유만만이다. 혹시 예쁜 아이나 며느리 깰까 봐 건드리지 못했던 피아노도 새벽에 얼마든지 칠 수 있다. 주택이라 밤중에도 칠 수 있었던 피아노인데, 누가 뭐라 하는 것도 아니지만 그러지 못했다. 손주를 데리고 자지 않으니, 팔다리 쭉 펴고 활개 치며 자는 기분이다. 사실 새벽잠 없는 할머니, 할아버지인지라 새벽에 손주를 받아 우리 방에 재우는 게 맞다. 손주가 너무 예뻐서 자꾸 안고 업으려 하다 보니, 제 뼈 아픈 줄 모르고 지나가게 된다. 순전히 내 잘못이다.

하지만 아이와 헤어지고 나면 몇 시간도 되지 않아 자꾸 보고 싶다. 아이 냄새가 코를 간지럽힌다. 나를 보며 쓱 웃어주는 미소가 눈앞에 보이는 듯하다. 내가 뭐라 하면 답을 해주는 그 소리도 들린다. 하루하루 새로운 음절을 내며 스스로 배우고, 어떤 때는 그 소리가 낯선지 눈이 동그래지는 손주의 얼굴이 눈앞에 아른거린다.

정신 차리자. 이나미. 아들, 며느리, 손주는 언젠가 내 앞에서 모두 사라져 제 갈 길 가는 별개의 존재다. 홀로 서는 법. 절대 잊어버리지 말고 갈고 닦아라.

당신이 원하는 삶이 무엇인지

호주 작가 브로니 웨어는 《내가 원하는 삶을 살았더라면》라는 책에서 가장 후회하는 것이 "내가 원하는 삶을 살지 못했다는 사실"이라고 했다. 나는 어쩐지 이게 '당신이 원하는 삶을 살아야 죽을 때 후회하지 않는다.'고 은근히 강요하는 것 같다.

따져 보자. 젊어서부터 자신이 원하는 삶이 무엇인지 확신하는 사람이 누가 있나? 또 그렇게 살다가 망하지 말라는 법 있나? 그러면 브로니 웨어가 책임져 주려나? '나'와 '원하는 삶' 모두가 참 아리송한 개념이다. 젊을 때의 나와, 늙을 때의 나는 전혀 다른 사람이고, 그때 원한 것을 지금 원하지 않는 경우가 많다. 모두 어떤 시점에서 자기에게는 최선이라 생각하고 선택하려 애쓰지 않는가.

내 경우부터 보자. 솔직히 내가 정말 원했던 삶은 작가나 피아니스트였다. 초등학교 때부터 혼자 말도 되지 않는 연애 소설도 혼자 써보았고, 제대로 레슨도 받지 않은 채 하루에 몇 시간씩 피아노를 연습해서 유명 콩쿠르에 나가 떨어져도 보았다. 내가 정말 음악 천재라면 레슨을 받지 않고 나갔어도 예선에서 그렇게 떨어지지는 않았을 것이다.

집이 망해 레슨비를 대줄 수 없다고 할 때도 그리 슬프지는 않았다. 연주로 생계가 해결되는 피아니스트가 될 가능성은 없어 보였으니, 피아노를 은근슬쩍 포기해도 될 핑계가 생겼기 때문이었다. 무대에 오르면 꼭 하나둘씩 실수를 하는 이상한 징크스가 있어 콩쿠르에 붙는다면 그게 더 이상한 일이었다. 완벽하게 연주해도 해석이 잘못되었느니, 어쩌니 하면서 음악성을 비판받는 음악계에서 끝까지 갈 전망은 제로. 지금 생각해도 피아니스트의 삶을 살았다면 참 답답했을 것 같다.

작가 역시 마찬가지다. 우여곡절 끝에 추천받아 소설가로 데뷔는 했지만 고작 발표한 것은 단편 두 개, 아주 망해서 책을 찾아볼 수도 없는 장편 하나. 월간지에 연재되던 단편 하나를 읽고 '그것도 소설이라고 썼냐.'라는 어머니의 말 한마디에 더 이상 소설을 쓰지 않고 산 세월이 근 삼십 년이다. 이제, 무슨 감성과 체력과 의지로 소설을 다시 쓸 수 있겠는가.

그래도 의사가 되었으니, 이제껏 정말 돈이 없어 바닥을 헤매었던 적은 없었다. 먹을 것이 없어서 굶어 죽었다는 젊은 작가의 소식, 음악을 전공했으나 어디 써먹을 곳이 없어서 늙을 때까지 부자 부모나 남편에게 기생하는 삶을 살아야 하는 운 나쁜 음악가들의 소식을 들을 때마다 내가 원하는 삶을 살지 않아서 다행이라는, 참 비루하고 치졸한 생각이 한편으로 든다.

아아, 그러나 부럽긴 하다. 화장실 갈 시간도, 밥 먹을 시간도 아껴 가며 일해야 했던 지난 수십 년 동안, 혹시라도 차라리 삼류 무명 작가, 무명 음악가로 살았더라면, 그래서 비록 성공은 못했지만 내가 좋아하는 음악과 글 속에서 살았더라면 어땠을까. 나를 알아주지 않는 세상과 잘못 태어난 시대를 원망하며 술과 담배와 아무 쓸데없는 노변 잡담으로 시간을 죽이며 보냈을까. 혹은 나처럼 전문직이 되어 잘난 척하는 이들을 한편으로는 부러워하며 한편으로는 경멸하며, 고고하게 예술가의 자존심을 지킨다며 사뭇 고상한 척 살았을까.

그러니 브로니 웨어에게 한마디 하겠다. 당신은 모른다. 내가 원하는 삶이 무엇인지 뼈아프게 알아차리는 순간은 어쩌면 죽기 직전일 뿐이라는 사실. 그리고 대부분, 죽기 직전의 뇌

상태는 섬망, 우울, 환상에 빠지게 되니 그마저도 믿을 게 못 된다는 사실. 호주 작가래도 '인생이 다 일장춘몽'이라는 장자의 호접몽 이야기쯤은 알 수도 있을 터인데.

브로니 웨어. 아직 당신은 인생을 잘 모른다. 인생은 어차피 후회다. 가지 않은 길을 가본 사람이 이 세상에 있겠는가?

'나'와 '원하는 삶' 모두가 참 아리송한 개념이다.

젊을 때의 나와, 늙을 때의 나는 전혀 다른 사람이고,

그때 원한 것을 지금 원하지 않는 경우가 많다.

모두 어떤 시점에서 자기에게는

최선이라 생각하고 선택하려 애쓰지 않는가.

배부른 소리 한 소절

걸핏하면 그만 일했으면 하지만 은퇴가 솔직히 두렵다. 꼬박꼬박 월급이 찍히지 않을 때, 그래서 점점 은행 잔고가 줄어드는 것도 물론 무섭지만 더 두려운 것은 나한테 주어진 시간을 정말 잘 쓸 자신이 없기 때문이다. 돈을 벌어야 한다는 의무, 누군가와의 약속 때문에 졸린 눈을 비비고 커피를 마셔가며, 무거운 몸을 스스로 밀어가며, 출근길로 나서지 않는 그 많은 시간에 과연 나는 무엇을 하고 있을까?

그냥 하루 종일 낮잠만 자면서, 오래된 드라마나 맥이 끊기는 음악 프로를 되풀이해서 보고 있지 않을까. 봉사하러 나갔다가 괜히 예전처럼 쭈뼛거리면서 이런저런 핑계나 대며 포기하지 않을까. 돈은 안 되지만 그래도 몸이라도 움직여야 한다고 운동도 되지 않는 집안일을 과도하게 하다 여기저기 쑤시고 아파서 병원비만 더 드는 것은 아닐까.

한동안 도자기를 만들었는데, 생각해보니 모두 쓰레기인 것 같아 관둔 적도 있었다. 피아노나 플룻을 다시 시작한들 연주회장에 설 것도 아닌데 해서 무엇 하려고? 외국어를 배우는 것이 좋긴 하지만, 단어든 지식이든 들어가는 것보다 머릿속에서 나가는 게 많으니 허탈하다. 결국 내게 남는 일은 손주 보는 일, 밥하고 청소하는 일, 강아지 돌보는 일, 남편 따라다니며 할미꽃 노릇하는 일 같은 것들인데, 어찌 보면 참으로 단순하고 편하지만 어찌 보면 속없는 허수아비 인생이라는 잡념이 들면 또 어쩌나.

그러나 따지고 보면, 그렇게만 살아도 또 얼마나 복 받은 노년인가 싶다. 일을 놓아도 받아줄 가족이 있고, 돈을 벌지 않아도 굶을 정도가 아니니. 가장 급한 일은 내 복을 남에게 나눠줘야 하는 것일 터. 안 그러면 벌 받을 게다. 꼭 저승까지 안 가더라도. 남들에게 욕심 많고 자기밖에 모르고 남들에게 나눌 줄 모르는 흉악한 노인네로 손가락질 받는다면 그것으로도 큰 욕이다. 비록 효율은 떨어져도 나름 할 수 있는 만큼은 잘 관리하고 베풀어서, 죽을 때 죽더라도 끝나는 그날까지 지금처럼 세끼 밥 정도는 혼자 해 먹을 수 있으면 한이 없겠다.

아주 위험한 주문

요즘 자기계발서나 심리학 책들을 보면 대부분 감정 표현을 하면서 살라고 격려한다. 싫은 것은 싫다고 말하라고 한다. 그래야 자존감이 높아진다고. 그래야 힘이 생긴다고. 그런데 재미있는 연구 결과가 있다. "내 인생은 내가 결정한다.", "운명은 자기 하기 나름이다."라고 생각했던 사람들이 직장 생활 2년 후에는 아주 불행해졌다고 한다.

뒤돌아보니, 성장기에도 젊은 시절에도 나는 큰 뜻이나 계획 혹은 진심으로 원하는 것이 크게 없었다. 그저 하루하루 내게 주어지고 떨어지는 일들을 시작하고 마무리하느라 정신없었던 것 같다. "오늘 하루 별일 없게 해주세요."가 내 기도의 제목이었지, 이상하게도 훌륭한 사람, 유명한 사람, 돈 많은 사람되게 해달라고 간절히 소망했던 적이 없다.

고3 때는 그래도 "서울의대에 꼭 합격하게 해주세요." 하고 기도했던 적은 있었다. "합격하면 평생 하느님과 아픈 사람들을 섬기고 살게요."라는 하느님과의 거래 아닌 거래를 했었다. 물론 대학에 들어가서 내가 얼마나 바보 같은 결정을 하고 기도를 했던 것인지 금방 깨닫게 되었다. 의사가 되어 섬기는 인생이 얼마나 괴로운 건지 그땐 미처 몰랐다는 걸 깨닫기도 했고, 무엇보다 의학과 과학은 내 적성이 전혀 아니었기 때문이다. 휴학계를 학교 다니는 내내 들고 다녔지만, 다른 대학에 가면 등록금과 생활비를 대줄 수 없다는 아버지의 지나가는 말씀 한마디에 끝내 용기 없는 나는 주저앉고 말았다. 정부의 의료 정책 반대에 휴학계를 내고 사직서를 내는 요즘 젊은이들에 비해 나는 얼마나 비겁하고 치사한가!

남들 보기에는 정신과 의사가 되어 책도 내고 방송에도 나왔으니 자신의 꿈을 실현한 사람처럼 보일지 모르겠지만, 어려서 뭣도 모르고 의대 들어와 삼십여 년, '이 일은 내 일이 아니야.'라는 생각을 떨쳐버렸던 적 없이 항상 의업에 대해 회의적이었다. 어쩌면 결혼도 마찬가지다. 아이를 너무 좋아해서 빨리 결혼했고 아이도 빨리 낳았지만, 젊은 시절의 그런 내 선택을 후회했던 적이 어디 한두 번인가? 문제는 이제 다시 돌아가도 "네가 원하는 것이 그럼 뭔데?" 하는 질문에 자신 있게 답할 수 없을 것 같다는 거다.

어쨌거나 원하든 아니든, 능력의 몇 배 이상 너무 과분한 많은 것들을 누리고 살았다. 노력이 1이었다면 운이 99였다. 진정으로 내가 원하는 것이 무엇인지 모르고, 자신의 엉터리 같은 선택에 최소한의 책임은 지면서 살다 보니 여기까지 왔는데…. 앞으로도 그런 운이 계속될지 여전히 두렵다.

그러니 제발 젊은 사람들에게, 특히 무엇을 원하는지 모르는 사람들에게 "네가 원하는 것을 하라!"는 참으로 아리송하고 쓸모없는 주문 같은 것은 하지 말았으면. 예수님도, 부처님도, 그분들이 진정으로 원하시는 것만 하고 살지는 않았다. 하물며 우리 같은 어리석은 미물이 무슨 수로 나 하고 싶은 것만 하고 산단 말인가! 하고 싶은 것을 하고 살라는 부추김은 '폭력으로 정권을 뒤집어라.', '혁명으로 계급을 전복시켜라.' 하는 말처럼 때론 아주 위험하다.

솔직히 말하자. 공상 속에서 미운 사람을 정말 신나게 때리거나 쌍욕을 하거나 하고 싶은 때가 없는가. 나보다 훨씬 잘나가는 사람을 만나면 어떻게 하든 더 잘나야 하는데 그럴 수 없을 것 같을 때 '결국 망했으면 좋겠다.' 하는 치졸한 상상을 해본 적이 없는가. 내게 뭔가 잘못한 사람들에게 아무도 모르게 복수하고 싶고, 일은 안 하는데 멋지고 편하게 돈은 쓰고 싶고…. 그런 적이 정녕 없었는가?

우리가 모두 하고 싶은 대로 하고 살면 이 지구는 금방 무간지옥이 될 뿐이니 자제를 하는 것뿐이다.

내가 꿈꾸는 장례식

한동안 '내 장례식은 이랬으면…' 하는 공상을 한 적이 있다. 예정되지 않은 일정을 빼서 와야 하는 것이니, 내 장례식장을 찾아온 손님들에게 미안하다는 마음이다. 판에 박힌 음식, 판에 박힌 꽃장식, 판에 박힌 인사나 종교 예절 같은 것들에 질린 문상객들에게 평소에 좋아하던 음악이라도 다양하게 틀어주면 어떨까. 혹은 아예 문상객을 받지 않고 SNS로 미리 찍어놓은 메시지—조금은 유머러스하게 자신의 죽음을 전달하는—라도 전달하면 어떨까 하는 상상들이다.

한데 조금 더 생각해보니, 나의 장례식은 나를 위한 것이 아니고 남은 내 가족들을 위한 것이다. 나란 존재는 떠나고 이제는 썩거나 불태워질 내 육체만 남은 것이니, 나는 내 장례식에 대한 아무런 권리가 없는 셈이다. 다만 살아남은 내 자식들을 위해 장례식 비용을 미리 마련한다든지, 혹은 믿을 만한 공제회에 가입한다든지 하는 것이 최선일 뿐이다.

만약 내가 갑작스럽게 세상을 떠나면, 준비가 되지 않고 황망한 마음에 잠겨 있는 내 가족들은 문상객들로부터 꽤 많은 위로를 받을 수도 있을 것이며, 혹시 내가 아주 오랫동안 아픈 데 없이 살다 죽으면 호상이라는 기쁨을 많은 문상객들과 나눌 수도 있을 것이다.

그러니 오늘이라도 내가 들어놓은 공제회나 아들들, 남편에게 알려주고 장례식에 대한 부질 없는 공상일랑 하지 말자. 주제넘은 짓이다. 자식들이 화장을 하고 싶으면 그렇게, 몇 시간 관 속에 넣은 시체를 보고 인사하는 서양식으로 하자면 그렇게, 선산에 묻고 싶으면 그렇게, 가까운 납골당이나 절에 맡기고 싶으면 그렇게, 이도 저도 말고 바다에 뿌리겠다면 그렇게 맡길 터이다. 제사를 지내고 싶지 않으면 그렇게, 아예 잊어버리고 살고 싶다면 그렇게…. 늙고 병든 부모의 마지막을 지켜주는 것만으로도 고마운데 죽은 내가 뭐라고 자식들 잔치, 자식들 제사에 감 놔라 배 놔라 하겠는가? 흙에서 와서 흙으로 가는 처지라면 거기에 어울리게 더 겸손할지어다.

새로운 친구 만들기

늙어서 그래도 남는 것은 친구라고들 말한다. 혼자 있으면 외롭고 심심하고 무섭기도 하니 그 말이 맞긴 하다. 친구들과 수다 떨면서 자식, 배우자, 일에서 받는 스트레스를 훌훌 털어버릴 때도 많다. 혼자 고립되어 긴긴 시간, 무료하게 지내는 것보다 누군가와 우정을 나누며 일을 함께 하며 서로에게 어깨를 내어준다는 일은 참 고맙고 소중한 일이다.

한데 나이가 한참 들거나, 이런저런 병 때문에 거동 그 자체가 서로 힘들어지는, 정말로 노년 중의 노년의 나이가 되면 친구들과의 왕래도 점점 끊기고, 그러다 보면 전화 통화조차도 시들해지는 것 같다. 특히 혈기 왕성해서 골프다, 해외여행이다, 계모임이다 하면서 몰려다녔던 친구들이 하나둘씩 죽거나 자리에 눕고 나면 점점 줄어드는 친구들의 숫자를 세면서 속상해하다 그냥 모임을 그만하자고 제안하는 경우도 많다.

그렇게까지 늙거나 병들지 않아도 친구들에게 이런저런 이유로 마음이 상하면 멀리하게도 된다. 돈을 꿔줬다든가, 여행지에서 별 것 아닌 일로 싸웠다든가, 종교나 정치 문제로 언쟁을 했다든가, 자식 경쟁에 밀렸다는 느낌이 든다든가 등등 가까이 보면 심각한 갈등이지만 멀리 보면 유치한 싸움들로 친구와의 관계가 시들해질 때가 있다. 서로 수 틀리면 부모 자식도 안 보는데, 친구들끼리야 아예 잠수 타버리는 게 얼마나 쉬운가. 소식을 끊어버린 친구에 대해 남아 있는 친구들은 은근슬쩍 걱정하는 것처럼 말하기도 하고, 혹은 진정으로 걱정하기도 하고, 또 자신들을 피하는 것에 대해 성토하기도 하지만 시간이 지나면 점점 잊어버리고 만다.

그런데, 어쩌면, 모든 친구 관계란 것도 결국 앞서거니 뒤서거니 하며 이별하는 것뿐이다. 그러니 친구들이 내 노후를 보장해주는 든든한 뒷심이라는 기대는 아예 버리자. 사회에서 친구 하나 없어도 시니어 타운에 들어가 새로 사귈 수 있고, 하다못해 요양병원에 입원했을 때 정신만 똑바르면 옆 노인과 친구가 되기도 한다. 예수님은 천국으로 가실 때 흉악한 강도를 마치 친구처럼 천국으로 데려가기도 했고, 부처님은 자신이 떠나는 것을 슬퍼하지 말라고 제자들에게 당부했지만, 우리가 어떻게 그렇게 멋진 이별 혹은 동반을 친구들과 하겠는가.

그러니 친구를 노후 대비 따위의 자원으로 생각하지 말고, "우리에겐 어차피 미래가 없다."라는 심정으로 지금 가능한 관계를 즐기고 나누면 될 일이다. 노후 준비라 해서 친구에게 괜히 집착하고 정 주다 배신당하는 경우를 임상에서 한두 번 만난 게 아니다.

그나저나, 나이 많은 이들은 왜 새벽마다 카톡을 그렇게 많이 보내서 시끄럽게 하는 것일까? 잠들도 안 자고 일어나자마자 친구들에게 자기 아직 안 죽고 눈도 잘 보이고 손가락도 쓸 수 있다고 안심 메시지를 서로 보내고 있다. 그런 메시지 안 보내도 별로 걱정 안 하고 잘 있다고 믿고 있을 터이니, 제발 새벽마다 카톡 폭격일랑 자제해주시길 바란다.

안락사를 희망함

"우리는 돌아가신 분에게, 매우 어려운 과제를 성취한 사람들에게 갖는 찬탄의 마음과 태도를 보여 주어야 한다."

그렇다. 죽음의 과정이 힘들기 때문에, 모든 죽은 사람들은 살아 있는 이들에게 존경받고 혹시 잘못한 것이 있어도 용서받아도 될 것 같다. 우리가 언제 그들처럼 죽어 보았는가? 경험하지 못했다면, 경험한 사람들에게 함부로 말하지 말자.

프로이트 선생은 이런저런 약점이 많지만 또 그만큼 인간적인 매력도 많다. 특히 나는 그가 죽어가는 과정에 대해 깊은 찬탄과 존경을 보낸다. 그 시대만 해도 담배나 시가가 암의 원인이라는 것을 몰랐기 때문에 그는 열심히 시가를 물고 살다 결국 구강과 얼굴 쪽에 암이 생겨서 상당히 오랜 기간 암 투병을 하며 말년을 보냈다. 아직 제대로 다듬어지지 않았던 20세기 중반의 항암치료가 소용 있을 리가 없다. 그는 죽기 전까지 책을 읽다 주치의에게 안락사를 부탁하고 조용히 생을 마감했다. 그가 죽기 전까지 읽었던 책은 프랑스 작가 《발자크의 괴로운 피부La Peau de Chagrin》였다. 암으로 썩어가는 자신의 얼굴 근육과 피부가 주던 고통을 발자크의 소설을 읽으며 객관화시키고 완화시켰으니 얼마나 대단한 독서가인가.

혹시 프로이트가 유대인이니 하느님께 기도를 하지 않았을까 생각할 사람이 있을지 모르겠지만, 우리의 상식과 달리 유대인들은 저세상에 대한 구체적인 몽상에 빠지거나, 죄를 용서받고 천국으로 가게 하는 특별한 의식을 치루는 경우가 많지 않은 것 같다. 특히 신의 존재를 끝내 인정하지 않았던 프로이트는 안락사를 결정하면서 사랑하는 딸 안나 프로이트도 부르지 않고, 오로지 주치의와 둘이서 마지막 시간을 보냈다고 한다. 누군가에게도 기대지 않고, 엉기지도 않았던 지극히 개인적인 인간이 아닌가 하는 생각이 든다. 그저 딸에게 이렇게 내가 잘 죽었다 전해달라고 부탁했다 하니, 담담하게 죽음을 받아들이는 아버지에 대한 존경이 더 깊어졌을 것도 같다.

프로이트가 만약 끝까지 독일에 남아 있었다면 나치 수용소에서 죽을 수도 있었을 터. 어쩌면 자신의 친지와 동지들이 사지를 벗어나지 못하고 끔찍한 죽음에 이르는 역사적 과정을 지켜보면서, 더 일찌감치 죽음을 받아들이고 앞당긴 것은 아닐까 하는 상상도 해본다.

나는 프로이트학파의 분석가는 아니지만, 프로이트처럼 안락사로 삶을 마무리하는 것에 대해 절대 찬성한다. 연명의료 거부 정도로는 너무 부족하다. 인간으로서의 존엄성을 유지할 수 없고, '왜 저 노인은 아직 안 죽을까.' 하는 생각을 모두 하게 될 가능성이 높아진다면 정말로 품위 있고 격조 높게 안락사를 선택하고 싶다. 문제는 아직 우리나라에서는 안락사가 불법이라는 점, 스위스나 미국 어디 가서 안락사하려면 돈이 수천만 원 든다는 점, 또 해외에서 죽은 부모의 시신을 처리하고 돌아오려면 쓸데없이 엄청나게 많은 돈을 지불해야 한다는 점 때문에 외국에 나가서 안락사를 선택하지는 못할 것 같다. 아마도 선진국에서 시신을 화장하든 비행기 좌석을 네 개쯤 사서 관속에 넣어 이동하든 1억 이상의 돈이 들 것이기 때문이다. 그러니 조용히 나만의 방식으로 안락사를 준비하면 좋을 터인데, 문제는 치매라든가 뇌졸중에 의한 중풍 등이 갑자기 와서 그런 복잡한 과정을 도저히 해내지 못할 때다.

그러니, 제발 부탁인데 시시하게 연명의료법 같은 것 말고, 더이상 팔다리를 움직이지 못하고 똥오줌 싸고, 엉뚱한 욕설이나 입에 담아 내가 내 몸뚱아리를 주체하지 못할 때, 본인이 원하면 안락사를 해달라는 요구를 미리 해놓고 조용히 삶을 맞이할 수 있는 법안을 누군가 발의해서 처리해주길!

죽어도 여한이 없진 않다

셰익스피어는 "당신은 자연, 혹은 신에게 죽음이라는 빚을 지고 있다."라고 말했다. 그렇지. 자연이 혹은 신이 내게 삶을 주었으니, 죽음 역시 그들이 내게 베푸는 은덕일 것이다. 삶이 고달프긴 했지만 알고 보니 참으로 아름다운 선물이었듯이, 죽음 역시 끔찍하게 무섭고 고통스럽지만 겪고 나니 참으로 아름다운 선물이 아니라는 법도 없다. 혹은 죽기 전에 무언가 빚을 갚고 가야 한다는 뜻일까. 의신 아스클레피우스에게 "닭 한 마리를 갚으라."고 한 소크라테스는 그런 뜻으로 이야기했던 걸까.

하지만, 나 같이 죽음에 이르는 과정에 겪어야 할 고통들을 두려워하는 겁쟁이에겐 저 말이 그리 썩 마음에 닿지 않는다. 오히려 셰익스피어의 연극 〈리처드 3세〉 중 "겁쟁이들은 죽기 전에 이미 여러 번 죽는다."라는 대사가 더 내 경우에 맞는 것 같다. 툭하면 "너무 힘들어 이젠 그만 쉬었으면 좋겠다. 죽어도 아무 여한이 없다."라는 말을 했으면서도 막상 갑자기 자동차가 뛰어들어 급정거를 한다든가, 높고 위험한 곳에서 아래를 내려다보면 다리가 흔들려 가슴을 쓸어내린다.

암으로 변해가고 있으니 장기를 제거하는 게 좋다 하여 수술도 얼른 받았다. 정말로 죽고 싶었다면, 아무도 모르게 암을 숨기고 죽어가지 않았겠는가. 위출혈로 배가 아팠을 때는 응급실에서 받은 진통제가 얼마나 고마웠던지… 죽음 그 자체보다는 아픔 그 자체를 못 참는 인내심 부족 때문이다. 또 후유증으로 어디 마비라도 올까봐 걱정부터 했다. 모두 죽음에 대한 두려움에서 나온 행동들이다.

아슬아슬하게 죽음에 살짝 다가간 고비가 아주 없었던 것은 아니었다. 복막염으로 진행 중이었던 맹장염의 통증을 사흘 밤낮으로 방치하다가 겨우 수술을 받기도 했고, 폐렴이 한쪽 폐를 모두 허옇게 만드는 바람에 40도 가까운 고열로 일주일 너머 고생하며 순식간에 7~8kg 몸무게가 빠진 적도 있었다. 협심증으로 온 심장 이상 역시 방치하다가 심장 기능에 이상이 생길 뻔했다. 조금은 미련하게 병을 키운 셈이었다. 그렇게 앓았을 당시 정말 살고 싶었던 것이었는지 아니면 죽고 싶었던 건지 불확실하다.

그런데 스트레스를 받으면 병이 생긴다는 가설은 정말인 듯하다. 정말 병을 앓을 때는 이런저런 스트레스들이 많아서 차라리 지금 죽으면 편하지 않을까 하는 생각을 알게 모르게 하기도 했다.

문제는 그렇게 시시하고 상투적인 병 때문에 아파서 죽는 모습이 삼류 드라마에서는 아름답게 비칠지 모르지만, 내 현실에서는 그럴 것 같지가 않다는 것이다. 지금이라도 갑자기 죽게 되면, 정리되지 않은 옷장, 책들은 누가 정리할 것이며, 다른 연구원들과 쓰고 있는 논문은 어쩔 것이며, 준비한다고 계약한 책들은 어쩔 것이며, 함께 사는 손주는 또 누가 봐줄 것이며 등등…. 아직 마무리 못한 잡일들이 지저분하게 많기 때문이다.

그러니 셰익스피어의 문장에다 내 의견을 좀 보태보겠다.

"겁쟁이들은 죽기 전에 죽을 준비를 못해서 죽는 시늉만 하면서 여러 번 제대로 죽지도 못한다."

때가 되면

역사를 보면 자신이 죽을 걸 예측한 사람들이 꽤 있다. 특히 모월 모시에 죽을 것이라며 자신의 책을 모두 불태우고 똑바로 앉아 꽃을 꽂은 후 최후를 맞이했다는 허난설헌의 이야기는 유명하다. 하지만 자세히 들여다보면 자식 둘을 먼저 앞세우고, 허균 등 당대의 문장가들이 있던 친정은 정치 바람에 멸문지화를 당했고, 시댁과는 불화했으니 한참 감성이 뜨거운 20대의 나이라 어디서 독약이라도 구해 먹었던 것이 아닌가 하는 확인할 수 없는 추측을 해본다.

프랑스의 수학자 아브라함 드무아부르가 각종 수학 공식을 이용해 죽음에 이르는 비밀을 밝히려고 노력했다. 그런데 하루는 자신이 하루 15분씩 잠 자는 시간이 늘어난다는 것을 발견하고 그렇게 매일 자는 시간이 늘어, 24시간을 채우게 되면 정말로 죽게 될 것이라는 공식을 남들에게 말했다. 수학자로서의 자존심 때문에 실제로 잠이 그렇게 정확하게 늘어나는 것은 아니건만, 남들에게는 마치 아직 자고 있는 것처럼 계속 15분씩 늦게 나타났고 결국 그 시간이 다해 24시간을 몽땅 채우게 되던 날, 가서 보니 정말로 죽어 있더란다. 사인은? 과잉수면이라고 했다던가. 그 역시 실패한 수학자로서의 자존심을 세우기 위해 어디선가 독약이라도 구했던 것은 아닐지.

음악가 아르놀트 쇤베르크는 13일이라는 숫자에 대한 공포가 있었다. 자신이 1년에 달이 13개일 때, 말하자면 윤년일 때 죽을 것이라는 생각을 했는데 서양 사람이니 잊어버리고 살다가 악동 친구 하나가 올해가 동양의 윤년이라 13개월이라고 말을 해줬다. 그해 마지막 13일의 금요일에 그는 자신이 죽을까 봐 전전긍긍하고 있었다. 그날 저녁 11시 45분이 돼서 아내가 "거 봐요. 안 죽었잖아요."라고 말했는데, 바로 그 순간이 지난 후 죽었다고 한다. 믿거나 말거나.

어쨌거나 나도 이런저런 일로 한참 힘들 때는 점쟁이에게 다른 것은 안 묻고 내가 언제 죽을 것인지 묻고 싶을 때가 있었다. 정말로 언젠가 동생을 따라 재미삼아 길거리에 앉아 있는

'사주 타로' 봐주는 곳에 들어가 식구들 일을 묻다가 "나는 언제 죽어요?"라고 물었다가 혼이 났다. 그런 건 물어 보는 것이 아니라고 말이다. 어찌 보면 인간적인 점쟁이였던 듯. 언뜻 생각할 때 대충이라도 내가 죽을 시간을 알게 되면, 여러 가지로 편리할 것 같긴 하다. 괜히 언제까지 살까 불안해하지 않아도 되고, 내게 필요한 생활비를 정확하게 떼어 근검절약하면서 살다 혹시 남으면 주변에 미리부터 좋은 일도 할 수 있을 것 같다. 쓸데없이 사는 일도 줄일 터이니, 살림도 더 가뿐해질 것이다. 옷장과 집 안 정리하는 것이 싫어 오래전부터 물건 사는 일은 남들보다 절제하고 있다고 자부하지만, 엄밀하게 들여다 보면 내게는 여전히 꼭 필요하지도 않은 물건들이 많고 지난 계절에도 역시 옷과 신발을 샀다. 언행 불일치!

따지고 보면 자신이 죽을 날짜를 알게 된다는 것은 일종의 사형수가 되는 것과 같다. 그때부터 죽음은 타인의 것이 아니라 자신의 몫이 되는 것이기 때문이다. 자신의 마지막을 알지 못하면 죽음과 관련된 난리 법석과 귀찮음과 슬픔과 허무함 따위는 나와 상관없는 듯 평온하게 살 수 있지만, 나의 마지막을 확실히 알게 되면 매일 마지막을 상상하느라 죽음이라는 콤플렉스에 사로잡힐 것 같다. 이런저런 콤플렉스들도 아직 제대로 해결하지 못했는데, 죽을 때까지, 또 어쩌면 죽고 난 이후까지도 결코 풀 수 없는 죽음 콤플렉스에 압사당할지도 모른다.

그래서 솔직히 말하자면 언제 죽을지 사실 궁금하지 않다. 점쟁이에게 내가 언제쯤 죽겠냐고 물었던 것은, 그 당시 내 나름 사는 게 너무 힘들고 팍팍했기 때문에 이 고생이 언제쯤 끝나는 것이냐고 물어보고 싶었던 것일 게다. 지금은 그때보다 훨씬 더 편해진 것일까. '때가 되면 죽겠지.' 하고 느긋하게 생각한다.

다만 원하는 것은 남편보다 일찍 죽는 것. 남편보다 늦게 죽어 아들, 며느리 눈치 보면서 훼방꾼 되지 않으려 괜히 고고한 척하지 않을 수 있길. 남편보다 일찍 죽어 남편이 내 장례 잘 치러주길. 남편보다 일찍 죽어 "마누라가 없으니 너무 아쉽네." 하고 그가 아내를 그리워하길.

자식들도 제자도 후배도 다 이제는 내 책임이 아니라는 느낌이 드는 요즘, 그것만이 노년의 유일한 소망이다. 그나마 제일 만만하고 모든 것을 함께 한 남편에게 내 마지막을 맡기는 것. 고생한 대가로 남편이 혹시 새 여자를 만나 노년을 고독하지 않게 보내면 그도 나쁘지 않은 일이다.

미지근한 사랑에 대하여

한때는 바람도 핀 적이 있었지만 아내를 존경하고 사랑했던 칼 융은 말년에 아내 엠마 융을 먼저 보내고 몹시 힘들어했다고 한다. 원래 말하기 좋아하고 유쾌하게 농담하며 파안대소를 하고 힘쓰는 일을 즐겨 했던 융이었지만 점점 의기소침해지고 말이 없어졌다는 것이다.

마리-루이제 폰 프란츠의 책《C. G. 융: 우리 시대 그의 신화》를 보면 그에게 죽음을 예언하는 아주 아름다운 꿈이 찾아왔고, 그 후에는 담담하게 죽음을 받아들였다고 한다. 꿈속에서 융은 오직 시인들만 안다는, 5000년도 더 된 오래전 어떤 섬에 있던 꽃, 돌, 크리스탈, 여왕, 왕, 궁전, 사랑하는 사람과 사랑받는 사람들의 신비한 영혼을 만난다. 그가 평생 추구했던 영혼의 신성한 결혼, 대극의 합일을 역설적으로 아내가 죽은 후 오래된 역사와 자연에서 체험했던 것은 아닐까.

오랫동안 행복하게 결혼생활을 하다가 비슷하게 죽음을 맞이하는 복은 아마 세상에서 가장 귀한 복 중 하나가 아닐까 싶다.

물론 짧은 시간이라도 함께 하다 함께 죽는 것도 나쁘지 않지만, 자식들 다 키우고 난 뒤 서로 주름진 얼굴, 구부정한 허리를 토닥거리면서 함께 늙다가 비슷한 시간에 죽는 것은 행운이다. 그런 사람들의 모습을 보면 어쩐지 자연 그 자체란 느낌이 든다. 미운 정 고운 정 다 극복하고, 함께 흙으로 돌아가기 위해 서로를 보듬을 수 있는 정. 그게 진짜 부부의 정이 아닐까 싶다.

그러니 갓 결혼한 젊은이들에게 하고 싶은 말이 있다. 열정적이고 배타적인 뜨거운 사랑만 사랑이라 생각 말고, 자연을 닮아 더 겸손하고 더 평범하고 더 심심하게 살다가, 무애 무덕하게 손 붙잡고 죽을 수 있는 미지근한 사랑에 대한 희망도 가져 보시길. 어쩌면 그게 유일한 결혼의 장점이 아닐까 싶다. 손 잡고 함께 걸으면 길 잃거나 넘어져 다칠 확률도 줄어든다. 손 뿌리치고 걷다 보면, 엉뚱하고 속 터지는 얘기하는 상대방 등짝이라도 후려치고 싶어질지 모르니, 일단 손은 잡고 볼 일이다.

열정적이고 배타적인 뜨거운 사랑만

사랑이라 생각 말고,

자연을 닮아 더 겸손하고 더 평범하고

더 심심하게 살다가,

무애 무덕하게 손 붙잡고 죽을 수 있는

미지근한 사랑에 대한 희망도 가져 보시길.

매일 죽어가고 있다

여러 번역이 있지만, 나는 노자 《도덕경》의 50장을 "삶이 시작되는 그 순간부터 우리는 죽음으로 가는 것이다出生入死."로 번역하고 싶다. 회남자의 비슷한 구절도 "삶은 잠시 빌리는 것뿐이요, 죽음은 원래 자리로 돌아가는 것이다.生寄也 死歸也"로 해석해본다.

수백 년 전 서양 사람인 마이스터 에크하르트가 노자나 회남자를 읽었을 리 없는데 그의 설교집에도 비슷한 이야기가 나온다. 모든 존재는 들어가는 순간 나오는 것이고, 나가는 순간 다시 들어간다고. 많은 지혜로운 선지자들이 삶과 죽음이 서로 연결되어 있다고 가르쳤으니, 그들보다 못난 나는 그대로 믿을 수밖에.

내 삶은 그 이전의 죽음과 연결되어 있고, 내 죽음은 그 이후의 어떤 생명과 다시 연결되어 있을까? 다 떠나서 그대로 흙에 묻힌다면 내 썩은 육신이 구더기와 박테리아의 도움을 받아 토양의 한 성분으로 변할 것이니, 내 몸의 분자와 원자들이 다시 새로운 생명으로 변하는 것도 같다. 혹시 화장을 한다고 해도, 수분은 하늘로 날아가고 태워도 남게 되는 무기질이 땅 속에 들어가면 또 자연의 일부가 될 것이다. 그러니, 내 육체가 아예 없어지는 것은 아닌 셈이다.

꼬맹이 시절, 내가 영원히 존재했던 것이 아니라 어머니 뱃속에서 갑자기 생겨났다는 사실과 언젠가는 또 죽어서 나라는 존재가 없어진다는 사실에 혼란스럽고 놀라워하며 그 수수께끼를 어떻게 풀까 고민했던 적이 꽤 많다. 그 이후 삶과 죽음의 본질에 대해 여전히 한 치 앞을 못 보는 상태로 살아왔지만, 요즘의 나에게 노자 도덕경이나 회남자의 구절은 큰 힘이 된다.

장자를 흉내 내자면, 살아 있다는 것이 정말 살아 있는 것인지 이 삶이 환상에 불과한 것인지, 죽는다고 생각하지만 우리의 영혼이 어디론가 가는 것인지 도무지 알 수가 없다. 죽음은 그렇게 우리를 혼란에 빠뜨리고 신비한 안개 속을 헤매게 하기 때문에, 우리를 성숙하게 하고 삶을 더 소중하게 여기도록 하는 것은 아닐까 싶다.

지금도 계속 죽어가고 있으며 내게 남아 있는 시간이 사실 얼마 되지 않는 것이니, 어찌 이 시간을 그냥 흘려보낼 수 있겠는가. 또 살아 있다고 잘난 척 할 것도 없고, 언제 죽는다고 선고를 받는다 해도 경망스럽게 굴지 말아야 한다. 우리는 매일 죽어가고 있는데 다만 그 속도와 방법만 모른다는 사실을 애써 외면한 것뿐이니 말이다.

어쩌면 죽음을 미리 알기 위해 우리는 매일 밤, 자아를 놓고 무의식으로 들어가는 잠으로 빠져드는 것은 아닐까.

지구의 미래에 미안한 이유

불교적 관점도 담아냈던 독일의 신비주의 영성가 마이스터 에크하르트나 토마스 머튼은 신이란, 생명, 존재, 사유, 선함, 의로움의 총합체라고 했다. 인격화된 신, 분노하고 벌주는 신의 이미지보다 존재 그 자체를 신이라고 하니 훨씬 더 마음이 편해지고, 죽음에 대해서도 안심이 된다. 내가 살아 있는 것 자체가 신을 만나는 것이듯, 내가 죽어 다른 존재로 변할 때 역시 신의 다른 측면을 만날 수 있기 때문이다.

하지만 악독하고 그릇된 행동만 하다 보면 선한 사유, 생명의 아름다움에서 점점 멀어질 것이고 살아 있든 죽어 있든 신을 만날 확률은 점점 줄어들 것 같다.

그러니 죽는 그날까지 좋은 말과 착한 행동만 할 수 있도록 빌고 싶다. 하지만 한편으로는 악하게 구는 대상, 해를 끼치는 존재를 만나면 나 역시 못되게 굴고 싶고 또 없애 버려야 할 존재라는 생각을 완전히 버리지는 못하고 있다. 따지고 보면 이 지구가 지속 가능할 수 없도록 하는 가장 사악한 종이 인간이 아니던가. 나도 매일 쓰레기를 버리고, 환경을 오염시키며, 지구의 동식물이 멸종하는 데 힘을 보태고 있으면서 무슨 선악을 판단하고 정죄를 한다는 것인지.

존재 그 자체에서 신을 만났던 에크하르트가 지금 다시 이 지구에 오고 있다면, 생태계가 오염되어 모두 공멸하고 있는 지구가 점점 신의 존재에서 멀어져 가고 있다는 사실에 너무나 슬퍼할 것 같다. 그리고 우리는 그 죄에 너무 무뎌져 있어서 모두 이미 거의 죽어가고 있다는 사실, 심지어는 우리 자손들에게까지 악의 독을 먹이고 있다는 사실을 잊어버리고 있는 것은 아닌지.

함께 사는 아들, 며느리에게 아들이 생긴 이후 우리 집에는 참으로 많은 변화가 생겼다. 아이가 어느덧 집주인이 된 것이다. 아이가 울면 모든 식구들의 귀가 쫑긋해지고, 아이가 웃으면 모든 이들의 입이 귀에 걸린다. 아이를 위해 식구들 모두가 잠을 줄이고 모임을 줄이고 에너지를 모은다. 아이가 우리의 미래이기 때문일까? 꼭 그건 만은 아닌 것 같다. 아이가 자라서 인재가 될 때 우리 부부는 이미 죽어 있을 확률이 높으니까. 그저 가장 약하고 가장 순수하고 가장 흠 없는 존재이기 때문에, 내 미래보다는 이 아이가 살게 될 지구의 미래를 더 걱정하게 되는 것 같다.

분유와 모유만 먹고 있을 때의 아이의 똥과 오줌 냄새는 향긋했다. 아니, 그렇게 느껴진다. 필요하면 먹을 수도 있을 정도였다. 옛날에는 약 된다고 아이 오줌을 먹었던 적도 있다. 그런 이야기를 하면 아들 부부는 기절을 한다. 아마 '의사 맞나.' 하는 생각들을 할 것이다. 내과 의사나 생리학, 약리학을 전공하는 의사라면 그럴 듯하게 화학식을 이야기할 수도 있을 터인데, 타과 의학을 공부한 지 너무 오래되어 찾아보지 않으면 아이의 대소변이 어른의 대소변과 어떻게 다른지 설명할 수가 없다.

어쨌거나, 아이의 대소변은 내가 손주를 너무 사랑해서 그런지 전혀 더럽지가 않다. 물론 화학성분이 다르긴 하겠지만 시아버지와 시어머니의 대소변을 대할 때의 마음과는 너무 다르다. 시아버지가 실수한 옷과 침구를 빨기 위해 썼던 세탁기 옆의 비닐 장갑을 피부가 약했던 동서가 들고 부엌으로 와 설거지를 하고 있는 걸 보았을 때, 나는 거의 울 뻔했다. 시어머니가 수면제를 잘못 드시고 화장실 벽과 바닥에 하나 가득 똥칠을 하고 계실 때, 시어머니를 씻겨 드리며 내 처지가 솔직히 끔찍했다.

그 때 알았다. 아파트의 밀폐된 공간에 퍼질러진 사람의 똥 냄새는 락스 같은 것을 써도 며칠은 간다는 것을. 손주의 똥오줌은 즐겁게 치우면서, 시부모의 똥오줌은 자신의 팔자 탓을 하며 분심憤心(정심과 달리 흩어져서 분심인가. 똥 같은 마음이라 분심인가)으로 치우게 된다. 모든 게 내 마음의 헛된 움직임 탓이고, 실은 나도 내 똥으로 지구를 더럽히고 있다는 사실을 잊어버린 탓이다.

그나저나 아이가 생긴 후, 기저귀와 분유통과 물휴지와 빨래들이 꽤 많이 나온다. 조금이라도 지구를 덜 더럽히기 위해 가능한 손빨래를 해보려 했더니 아이를 안느라 힘들었던 어깨가 말을 듣지 않는다. 딜레마다. 똥에 물들이면 다시 삶거나 락스에 담궈야 하니, 어느 게 더 친환경적인지도 잘 모르겠다.

아아. 태어나서 죽을 때까지 가장 많이 그리고 끊임없이 만들어내는 것이 배설물이구나. 인도의 소들은 그 똥마저 연료로 쓰게 해서 우리에게 도움이 되고 있는데, 내가 그동안 내놓은 배설물들은 그저 환경오염의 원인이었을 뿐이다. 지구에게 그리고 내 후손에게 미안하다.

우리가 정말 두려워해야 할 것

죽어가고 있는 미래와 생태계라는 거대 담론이 어쩌면 가장 긴급하고 중요한 의제이긴 하지만, 막상 실질적인 결정들을 힘 있는 정치인이나 이익집단들이 좌지우지하고 있으니 생각할수록 무기력하고 속상하기만 하다. 나 하나 죽는 거는 살 만큼 살았고, 또 원래 늙으면 모두 죽는 것이니 안타까울 일이 전혀 아니지만, 내 자손들이 제대로 삶을 누리지 못하고 오염된 환경에서 살아가야 한다는 사실이 죄스럽고 미안하다.

이렇게까지 우리 생태계가 죽어가게 된 가장 큰 철학적, 종교적 담론은 "인간이 자연을 지배한다."라는 엉터리 같은 서구의 명제가 아닐까 싶다.

자연의 아주 극히 소소한 일부에 불과한 인간이 자연 전체를 지배한다고 생각하는 것도 일종의 인간이 갖는 권력 콤플렉스의 반영이고 죽음에 대한 공포가 일으킨 반작용에 불과한 것. 이제 하늘의 별처럼 많았던 철학자들이 헛소리를 하며 인간의 우월성을 강조하는 동안, 우리의 자연은 서서히 그리고 요즘은 아주 아주 빨리 훼손되고 있다. 우리가 정말 두려워할 것은 개인의 죽음이 아니라 지구라는 생태계의 멸망이 아닐까.

어쩌면 인간은 다 죽고, 닭과 소와 돼지와 쌀과 밀 같은 얼마 안 되는 동식물만 살아남는다고 해도 박테리아와 바이러스는 끝까지 살아남을 게다. 인수공통 감염이 그 원인이라는 메르스, 지타, 코로나19 같은 신종 바이러스들과 어떤 항생제에도 듣지 않는 슈퍼 박테리아들의 숫자가 늘어나고 있다.

어쩌면 죄만 많이 짓는 오만한 인간은 멸종을 시키고 처음부터 리셋해서 다시 시작하려는 지구의 섭리가 아닌가 하는 생각도 든다.

공자님의 효심 때문에

예수님이나 부처님의 마지막은 너무 장엄하고 숭고해서 감히 따라갈 엄두조차 나지 않지만, 공자님의 마지막은 솔직히 조금 흉내 정도는 낼 수도 있을 것 같다. 근 칠십 언저리에 돌아가셨는데도 불구하고 '조금 더 살 수만 있다면 선조들이 남겨 놓은 책들을 더 공부해 정리할 수 있을 터인데.' 하면서 아쉬워 했다는 설이 있다.

뭔 공부 욕심이 그렇게 많으셨을까. 하긴 안회와 같은 걸출한 제자들을 먼저 보냈기 때문일까. 자신의 업적이 제자들에게 전해져서 수천 년 이상 동양을 지배할 것이라는 생각은 미처 못 하신 것이었는지,

성스러운 산이 무너지는가?

천장의 서까래가 부서지고 있는가?

현자가 이제 쇠잔해지고 있는가?

이 유언 같은 시를 남기고 눈물을 흘리며 죽음을 맞이했다는 것이다. 내밀한 마음의 자취인 꿈에 대한 마지막 말도 남겼다. "오랫동안 세상이 어지러웠고 내 이야기를 진실로 따르고 이해하는 이는 없었는데, 어젯밤 오래전 나라의 방식으로 제단 사이에 관이 놓여 있는 꿈을 꾸었다."라고 제자들에게 말한 것이다. 이 꿈을 "이제는 죽은 왕의 영혼에 제물을 바칠 사람이 없을 것"이라 해석하고, 7일 후 영면에 들었다. 오래 전부터 현자들은 훈련받지 않아도 자기들의 꿈을 참 잘 해석한다. 물론 꼭 들어맞는다는 보장은 없지만.

이승에서의 성공이나 죽음에 상당히 초연했던 공자가 조상들의 저작들을 정리하는 일과 제물을 바치는 제사에 끝까지 집착했던 이유는 여러 가지로 해석할 수가 있다. 너무 어릴 때 돌아가셔서 얼굴도 기억을 못하고, 이복 누이들의 반대로 제사에도 참여하지 못하고, 어머니가 돌아가실 때까지 묘지조차 알지 못했던 아버지에 대한 그리움이 아닐까. 걸음마를 한 지 몇 년 안 되고부터 제상을 차리고 돌아가신 아버지에게 절을 올렸다고 하니 아비 없이 살아야 했던 설움이 부모에 대한 효심으로 잘 승화되었던 셈이다.

하지만 공자가 너무 효자였던 덕에 그리고 그 제자들이 강조하는 예와 효도 때문에, 수천 년 동안 힘들었던 사람은 누구인가. 음식을 준비해 제사에 필요한 궂은일을 담당했던 조선의 여자들이었다. 역사의 방향은 현자들도 예측 못하는 일이다. 물론 삼년상을 치루며 묘지기를 하고, 제사의 형식 때문에 당쟁의 와중에서 목숨까지 내놓아야 했던 조선 남자들 역시 힘이 들지 않았다고 말할 수는 없다. 현대에 와서도, 제사 참여와 관련된 갈등으로 시가와 아내 사이에 등터지는 남자들도 적지 않다. 가장 좋은 해결방식은 남자들이 더 적극적으로 제사 음식 장만과 설거지를 하는 것일 테다. 그것이 싫으면 욕먹어가면서 제사를 없애거나, 혹은 본가와 의절하거나, 혹은 이혼하는 방법도 있다. 물론, 이런 분란을 공자님이 원했을 리는 없다.

물론 공자님이 우리 문화에 끼친 순기능이 훨씬 많다. 만약 효도의 전통이 없다면 누가 먹고살기 어려운데 굳이 아이를 낳아 키우겠는가. 고려와 조선이 인구가 줄지 않고 유지될 수 있었던 이유 중 하나라 생각한다. 인간은 이기적인 존재라 필시

손해 보는 일은 안 하려고 한다. 효도하지 않는 자식은 늙어 방해만 되기 때문에 결혼도 하지 않고 아이도 낳지 않았을 수 있다. (요즘 세상을 보라! 효도 이데올로기가 없어지니 자식의 존재가 노후 보장이 되기는커녕 노후 리스크다. 불안한 노후 앞에 손해를 감수하고 아이를 낳으려면 용기가 필요하다.) 또 사랑하는 이를 보내고 삼년상을 징글징글하게 치루고 제사까지 매년 지내다 보면, 그리워하는 마음보다는 그냥 형식적으로 될 수도 있다. 사실, 그런 이별의 아픔과 존재의 불안을 형식 속에 가두는 것이 모든 종교의 가장 중요한 기능이 아니겠는가.

뭣도 모르고 14대 종부며느리가 되어 1년에 12번이 넘는 제사를 지내다 시어머니가 돌아가시고 나서는 그 반도 지내지 않는다. 아이를 들쳐 업고, 퇴근하자마자 며칠에 걸쳐 제사 준비를 하며 진이 다 빠졌던 시절에 비하면 그저 전 부치는 것 말고는 두어 시간이면 끝나는 제사 준비가 그리 큰 부담은 아니다.

하지만 며느리들의 입장에서는 그렇지 않을 수 있을 것 같아 줄인 것이다. 본 적도 없고 피도 섞이지 않은 죽은 조상을 위한 준비로 자신의 에너지와 시간을 낭비해버리면 부당하다고 생각할 수 있을 것 같다. 아예 없앨 수도 있지만, 제사 때나 되어야 친척들이 모이니 삼십 여년 해마다 때 되면 만나는 친척들과의 끈끈한 정 때문에 단번에 자르기가 솔직히 싫다. 다행히 사서 놓으면 된다고 하는데도 맛있게 먹겠다고 전을 열심히 부치는 며느리들이 있다. 그저 고맙고 든든할 뿐이다.

따지고 보면 시댁 식구들과 눈물과 웃음으로 함께 한 시간이 없었다면, 태어나서부터 집에 드나들어 같이 기저귀 갈아주고, 어린 그네들이 남긴 음식도 함께 먹을 수 있었던 시조카들과의 좋은 추억도 없었을 것이다. 항상 친절하고 싹싹한 든든한 시조카들이 내겐 뒷심이고 큰 재산이다.

어쨌거나 공자님의 효심 때문에, 제사란 걸 지내면서 시댁 식구들과 함께 한 시간들이 이제는 고맙고 아쉽다. 하지만, 이런 편안한 마음도 제사 때마다 호통을 치면서 꾸중을 하셔서 누군가를 꼭 울렸던 시어머님이 삼년 전 돌아가신 후부터 든다. 제사 때면 어렵기만 하던 어른들에 대한 무거운 기분에 힘들었는데, 이제 세월이 바뀌니 젊은 아들 며느리와 조카들의 웃음소리가 높고 명랑하다. 적어도 30대의 나보다는 요즘 세대가 훨씬 더 지혜롭고 세련된 것 같다. 문제는 제사가 아니라, 제사를 지내는 사람들이 서로 어떻게 소통하고 화합하느냐가 아닐까 싶다. 과거처럼 일방적으로 젊은 사람들이나 여성들만 당하는 가부장제적 제사가 아니라 남녀노소가 평등하게 한데 어울

러져 즐겁고 편안하게 시간을 보낼 수 있는 제사라면, 굳이 없앨 필요가 없을 것 같다.

돌아가시기 전까지 시어머니는 꼭 남자나 어른들이 앉는 자리에서 제사 음식을 받아 드셨는데, 종부이지만 나는 함께 일한 며느리들, 동서와 꼭 함께 밥을 먹는다. 사실 제삿상 준비하다 보면 입맛이 없어서 제대로 먹고 싶지도 않지만, 늙어 죽을 때까지 노동하는 사람의 하나로 남아 그 끈끈한 자부심과 연대감을 누리고 싶기 때문이다.

어쩌면 이제는 모두 점잖게 앉아 덕담을 나누는 분위기이고 요리와 설거지에도 남자들이 거리낌 없이 참여하니 훨씬 좋다. 어쩌면 이런 오붓하고 평화롭고 평등한 제사 풍경을 공자님도 꿈꾸지 않으셨을까 싶다. 예경에도 여자를 뒤에 세우느냐, 옆에 세우느냐에 대한 공론을 하는 대목이 있다. 그 옛날 공자님 시대의 제사 풍경은 임진왜란, 병자호란, 2차 대전, 한국전쟁 등등을 거치면서 남자들 기 살리는 것에만 오로지 정성을 바치던 한국의 과거와는 사뭇 다르지 않았을까 싶다.

먼저 간 가족들을 기억하기 위해서 남은 이들이 함께 음식과 덕담을 나누는 제사 혹은 기도 모임, 미사, 불공, 어떤 식으로든 만난다는 것은 사라짐에 대한 허무함, 헤어짐 이후의 슬픔을 극복하는 데 도움도 된다.

그나저나, 젊은 세대 중 몇 명이 나처럼 생각할까? 어쩌면 왜 쓸데 없이 제사상을 2개나 놓고 먹지도 않는 떡, 밤, 대추, 전 같은 것을 놓는지 모르겠다고 불평하고 있을지는 알 수 없는 일이다.

죽기 전이라도 강요할 수 없는 화해

죽기 전에 마무리할 일 중 가장 절실하지만 실천하기 어려운 것 중 하나가 '용서'일 것 같다. '이제 죽는데 미움이고 아쉬움이고 할 게 뭐 있을까.' 하고 남의 죽음과 용서에 대한 조언들은 쉽게 하지만, 막상 자신이 그 입장이 되어서 어떨지는 장담할 수 없는 노릇이다. 오죽하면 '내 눈에 흙이 들어오기 전에는…' 이란 표현이 있을까. 누군가를 용서하고 화해한다는 것은 결코 쉽지 않다. 죽는 그 순간 까지 아직 더 시간이 남아 있다고 생각하기 때문이기도 하고, 한 사람에 대한 미움이 너무 크고 집요하게 자신의 마음에 달라 붙어 있어 이 세상에 버리고 가기가 쉽지 않기 때문이다.

그나마 힘 좀 있었던 사람이 일단 병석에 누워 있으면 그동안 박해를 받았던 약자가 찾아 와 "그동안 내게 왜 그러셨냐." 고 따질 수 있다. 그러면 죽음을 앞둔 이가 짐짓 후회하면서, 혹은 자신의 무력감을 깨닫고 어쩔 수 없이 "미안했다. 그동안 내가 참 잘못했으니 용서해다오." 하는 그림이 그려진다. 꽤나 그럴 듯해 보이는 드라마다. 그러나 대부분의 약자들은 강자들이 죽어간다는 정보를 알기도 힘들고, 또 공간적으로 가해자에게 접근할 확률도 높지 않다. 속한 집단과 계층이 다를 수도 있고, 가해자로 지목된 사람에게도 그들을 아끼는 가족과 지인들이 있기 때문이다.

반대의 입장에서 약자로 괴롭힘을 당했던 이가 죽음을 앞두고 있는데, 건강한 가해자가 찾아와 "자신을 용서하고 저 세상으로 가라."는 말을 할 가능성도 높지 않다. 그러지 않아도 불행한 처지에 있는 이에게 명령도 아니고 조언도 아니고 부탁도 아닌 말을 하는 사람은 한마디로 공감 능력 없는 사이코패스다. 화나고 힘들 것 같다. '세상에 그런 경우가 실제로 있을까?' 하고 고개를 갸웃할지 모른다.

그러나 가해자와 피해자가 가족일 경우, 얘기가 달라진다. 예컨대 부모에게 많은 상처를 받았던 자식이 부모보다 세상을 먼저 떠나게 된다고 생각해보자. 당연히 부모를 별로 보고 싶지 않다고 할 것이다. 그러나 부모는 자신이 그런 상처를 준 줄도 모르고, 죽어가는 자녀 곁을 맴돌면서 "그런 마음으로 죽으면 좋은 데 못가." 하는 식으로 말한다고 생각해보자. 아, 얼마나 화나고 분할까.

내가 싫다면 설령 부모나 자식이라도 죽음의 병상에 오지 말라고 하고 싶은 마음일 것이다. 요즘에는 자식들에게 한없이 희생하는 부모들보다 자식들을 이용하고, 억압하고, 조롱하는 성숙하지 못한 부모들의 숫자가 꾸준히 늘고 있는 것 같다. 한없이 희생하라는 부모 이데올로기 종언의 시대다. 그러니 가슴에 많은 상처를 품고 세상을 먼저 뜨는 자식이 부모를 보지 않겠다고 선언하는 것이 전혀 이상하지 않다.

반대로 효 이데올로기도 사라졌으니 죽는 그날까지 자녀를 용서하지 못하고 세상을 떠나는 부모들도 있다. 참으로 슬픈 일이다. 어쩌면 그래서 종교적 예식이 필요할 수 있겠다. 가톨릭에서는 의식이 있는 한, 종부성사를 받으며 자신의 죄를 고백하는 과정을 거치지 않기는 힘들다. 불교 신자라면 마음의 원한 역시 억겁의 업이라는 것을 받아들이고 매듭을 풀어야 윤회하는 형벌 고리에서 벗어난다는 것을 알 것이다.

그런 우리 마음과는 완전히 반대로 예수는 "하느님, 하느님, 왜 나를 버리시나이까."라고 기도하는 한편으로 자신들이 무슨 짓을 하는지 모르는 이 군중들을 용서해달라고 청했다는 기록이 있다. 또 자신을 팔어먹은 유다에게 "내 친구야."라고 하셨고, 자신을 모른다고 외면하고 배반한 베드로에게는 어머니 마리아의 자식이 되고, 교회의 반석이 되라고 축복하셨다. 부처 역시 자신에게 상한 음식을 바쳐 죽음에 이르게 한 그 지역의 왕을 벌 주어야 된다며 저주하는 제자들의 분노를 가라앉히고, 그 사람은 그 사람의 인연대로 해야 할 일을 했을 뿐이라고 했다. 소크라테스 역시 자신을 박해한 특정 정치인들에 대한 복수를 제자들에게 요구하지 않았다. 죽을 때 나의 원한을 갚아달라고 유언하는 사람들은 미움과 반목의 나쁜 씨를 이 세상에 뿌리고 가는 사람들이다. 가문의 비극은 로미오와 줄리엣, 영화 '대부' 같은 상징의 세계에서 끝내자.

예수님, 부처님. 소크라테스의 마지막을 들여다보고 감히 흉내내기를 청해 보자. 날 괴롭히고 억압하고 멸시했던 사람들 역시 자신들의 업과 운명대로 움직였을 수도 있으니 개인적인 감정에 너무 얽매여 나의 마지막을 오염시키는 것도 미련하고 부질없는 일일 뿐이다. 상상해본다. 이번 주 내로 만약 내가 죽는다면 누굴 보고 싶고, 누굴 보고 싶지 않을까. 혹시라도 누군가를 불러 용서를 청하거나 혹은 용서를 해줄 사람이 누가 있을까. 티격태격 다투거나 좀 서운했던 순간들이야 없지 않았겠지만, 꼭 드라마 쓰듯이 굳이 용서를 청하거나 받아야 할 사람은 별로 생각나지 않는다. 그러니 얼마나 운이 좋고 인복이 많은 사람인가. 새삼 감사하고 또 감사할 일이 아닐 수 없다. 싸우고 부딪힐 때는 몹시 상한 감정에 휩싸여 힘들지만, 시간이 지난 후 들여다 보면 나 자신이 한편으로는 짠하고 한편으로는 많이 우습다. 좀 지나면 아무 일도 아닐 일을 왜 그리 유난을 떨었는가!

죽음이라는 정말 크고 어려운 여행, 한 번도 경험해보지 못한 시간을 만나야 하는 마당에 그깟 말싸움 따위로 받은 상처 따위가 사실 뭐 대수겠는가.

수십 년 동안 함께 살며 주고 받은 상처나 서운함 같은 것에 대한 허심탄회한 이야기를 시어머니와 돌아가시기 전, 끝내 하지 못했다. 기저귀도 갈아드리고, 식사를 못하실 때는 죽과 미음을 만들어 수저로 떠먹이곤 했었지만, 사실 사랑과 진심으로 모신 시간은 통틀어 겨우 몇 시간이나 될까 싶다. 돌아가시고 난 후 한동안은, 어쩜 시아버지처럼 고맙다, 미안하다 한 말씀 없으셨을까, 서운했기도 했다. 어쩌면 시어머니에게 마음의 문을 완전히 열지 않은 채 며느리로서의 도리만 한 내 속내를 아시고, 별로 미안할 것도 없다 생각하셨을 수 있다. 며느리가 직장 나갈 때 무게가 꽤 나가는 손주들을 십 수년 간 키워주셨으니, 며느리가 진 빚이 훨씬 더 많다고 생각하셨을 수도 있다. 한데 지금 와보니, 가족이니 굳이 잘잘못을 따질 것도 없고 그래서 고맙니 미안하니 서로에게 입에 발린 소리 할 필요도 없다고 생각하셨을 수도 있겠다.

어느 쪽이건, 돌아가시는 그날까지 약한 모습을 절대 보이지 않았던 시어머니에게 나 역시 그리 따뜻하고 살가운 며느리는 아니었으니 어디 가서 시집살이 했다 잘난 척할 일도 없다. 밥도, 대소변 묻은 빨래나 기저귀도, 약도 남편보다 훨씬 더 많이 챙기면 뭐하겠는가. 사랑이 깊지 않았는데…. 남편은 효자상 받고 나는 효부상 받지 못한 게 실은 아주 당연한 일이고, 만약 받았다면 두고두고 찝찝할까 봐 거절했을 것 같다. 어찌 보면 우리 말에 효자 사위를 뜻하는 특별한 단어가 없듯이 효부란 말도 결국 사라지게 될 단어가 아닐까도 싶다.

여전히 살아 있음으로

나는 비록 가톨릭 신자이지만, 부처님이 마지막에 남기신 유언이 아무리 생각해도 참 좋다.

죽음이 이제 가까이 와 있지만. 이별해 가는 곳이 먼 곳이라고 생각하지 말라는.

서로 이별하는 것이 이치니, 쓸데없이 슬퍼하지 말라는.

세상은 무상해서 나서 죽지 않는 사람은 없는 것이고, 육신이 못 쓰게 된 수레처럼 허물어지는 그 무상의 진리를 몸소 보이기 위해서라는.

부처님의 죽음을 통해 무상의 진리를 느끼고, 인간세계가 어떤 것인지 제대로 보고 그 진실에 눈뜨라는.

변화하는 것을 불변의 것으로 만들려는 것. 즉 죽어야 하는 목숨을 붙들고 죽지 말라고 집착하는 것 때문에 번뇌가 시작된다는.

번뇌의 뱀을 마음의 방에 넣어 두고 있지 말라는.

육신의 죽음과 부처라는 존재 본질의 죽음은 다르다는.

육신은 병들고, 상처 입고, 끝내는 허물어지기 마련이지만 깨달음은 영원히 법과 도로 살아 남는다는.

부처의 가르침을 깨닫는 사람만이 부처를 보는 것이지 부처의 육신이 부처가 아니라는.

부처가 죽은 후에는 부처의 설법이 스승이므로 그 법을 오래도록 보전하고 지키게 하는 것이 제자된 도리라는.

이런 훌륭한 가르침을 평범한 삶에다 구체적으로 대입해 볼 수도 있겠다. 아버지, 어머니가 돌아가시지만 그분들의 유전자를 내가 받았으니 여전히 내 안에 살아 있는 것이고, 부모의 가르침이 내 머릿속에 있고 내가 그것을 잊지 않고 실천한다면 여전히 부모의 영혼이 내 안에 살아 있다는 것. 그러니 부모의 죽음, 먼저 가는 사랑하는 이의 죽음을 슬퍼하지 말고 그들과 나눈 시간과 경험과 지혜를 잘 간직해 가능한 많이 꺼내 많이 써먹으면 된다고. 그렇게 생각하면 안 될까. 사랑하는 사람의 유전자 혹은 기억이 내 몸과 마음속에 있는 한, 죽음으로써 그들이 내 곁을 떠난 것은 아니라고 말이다.

2부

우주가 선사한 우연한 현상

태도의 차이

우리가 아무리 죽음을 부정하고 망각하려 해도, 죽음은 내가 모르게 아주 조금씩 내 몸속으로 들어와 때때로 나를 완전히 지배하게 된다. 카프카가 자신의 친구에게 한밤중 몰래 들어오는 쥐떼에 대한 공포를 고백한 것처럼, 의식과 지각은 완벽하게 속이더라도 내 몸속의 세포들이 죽어가는 한, 언젠가는 죽음이 완전히 내 마음과 몸의 주인이 될 것이다.

예컨대 암이 이미 다 퍼져서 죽음을 준비할 시간이 얼마 남지 않았다든가, 너무 갑작스럽게 큰 사고를 겪어서 도저히 팔다리와 장기가 회복이 되지 않는다든가 하는 식으로 마음이 죽음의 과정을 이해하고 받아들일 시간이 충분히 주어지지 않을 수 있다. 카운트다운 하는 심정으로 어이없이 허둥대다가 죽음을 맞이하게 될 가능성이 높은 경우다.

차라리 죽음을 만나는 공포를 아예 모를 정도의 치매나 혼수상태가 오는 게 낫겠다는 생각이 들 정도로, 한발 한발 다가오는 죽음의 시간이 무섭지 않다면 거짓말이다. 죽음에 대한 불안과 공포가 철학과 예술의 주요 모티브가 되는 이유일 것이다. 미국의 작가 오 헨리의 단편소설 중에는 사형수가 되는 꿈을 꾸어 놀라며 잠에서 깬 남자가 옆에서 자는 아내에게 키스를 하다 다시 잠에 깨어 보니 스스로 사형수였더라는 내용이 있다. 사형수가 사형 직전 짧은 시간에 바깥 세상에서 정상적인 활동을 하는 내용의 꿈을 꾼 것이다. 장자의 호접몽처럼. 그렇다면 어느 것이 꿈이고 어느 것이 현실인가. 이는 죽어가며 의식의 소실과 섬망 현상을 보이는 우리들이 결국 겪어야 할 미래가 아닐까.

프란츠 카프카는 분명 위대한 작가이고 자신의 불완전한 작품을 남기지 말라고 할 정도로 완벽주의자였지만, 노년과 죽음에 관해서만큼은 우리나라 권정생 작가의 경지에 한참 밀리는 것 같다. 카프카는 죽음에 대한 공포와 연결되어 생쥐공포증이 있었지만, 권정생 작가는 오히려 생쥐들이 불쌍해 자신은 굶더라도 쥐들을 위해 음식을 남겨 놓곤 했다. 페스트의 기억이 생생한 유럽인과, 역병이 돌아도 나라에서 혜민서니 활인서니 해서 수용하고 돌봐주었던 기억이 있는 한국인의 차이일까. 권정생 작가도 카프카처럼 어려서 앓기 시작한 폐결핵 등 여러 가지 병이 자신의 몸을 갉아 먹었지만, 병과 싸워 이기기보다는 병에 걸린 몸도, 또 굳이 자신의 몸에 들어와 살려고 하는 병균조차도 불쌍해하며 살았던 것 같다.

카프카의 소설 속 주인공들이 모두 소외되고 고독하고 가족과 단절된 것에 비해 권정생 동화의 주인공들은 비록 아프고 헐벗어 힘들어도 주변 사람에게 따뜻하게 사랑을 나누어주었다. 그 이유는 어쩌면 질병과 죽음을 수용하는 태도의 차이가 아니었을까. 우월한 마음으로 세상의 온 민족을 지배해야 한다는 서양 유대인의 세계관과, 나무도 내 아버지일 수 있고, 잉어도 내 은인일 수 있다는 생태주의적 한국인의 세계관 차이로 보인다.

의학적으로 조금 흥미로운 것이 있다. 두 사람 모두 비슷하게 폐결핵을 앓았지만, 철저하게 개인의 실존 문제에 천착한 카프카는 일찌감치 세상을 떠난 것에 비해, 더한 병중도 그저 받아들이고 새 같은 짐승들 덕에 외롭지 않았던 권정생 작가는 더 오래 살았다는 점이다.

서양에도 프란치스코 성인처럼 자연과 교감하는 신비주의

전통이 아주 없는 것은 아니지만, 아무래도 샤머니즘, 불교, 유교 같은 인본주의적 전통이 많은 우리나라가 죽음을 훨씬 더 편안하게 받아들이는 것 같다.

물론, 철저하게 과거의 좋은 전통과 단절된 채, 영생을 좇겠다는 실리콘밸리의 괴짜들 흉내를 내거나 영생을 얻는 환약을 찾는 도인처럼 건강식품과 의약품에 목숨 거는 부자나 식자들의 경우는 다르겠지만.

아는 것이 아니라 체험하는 것

프랑스의 작가이자 사회운동가인 시몬 드 보부아르는 그의 책《노년》에서 "죽음은 삶에 절대의 차원을 부여함으로써 오히려 삶을 구원해준다."고 말했다. 또 "죽음이라는 영원한 사건이 우리의 내면을 송두리째 전복시켜 바꾸어 놓는다."고도 했다. 어떻게 전복될지는 사실 모를 일이다.

보부아르가 사르트르의 죽음에 대해 어떻게 생각하냐고 묻자, "내가 죽은 뒤 다시 그를 만날 일은 없겠지요."라고 대답했다는 일화가 있다. 철저히 실존주의적 발언이다. 그럼에도 죽은 사르트르 옆에 가서 한참 동안 누워 있었다고 한다. 영혼을 믿어서가 아니라 이제 소멸 단계에 들어선 사르트르의 육신에 대한 실존적 체험을 하고 싶었던 것일까. 다시는 만날 수 없는 사랑과 이별하기 위해 시체 옆에 누워 있었던 경험이 죽음에 대한 철학자의 태도를 어떤 식으로든 바꾸어 놓았을까. 다시 만날 수 없는 사랑이나 인연의 허망함이 죽음에 대한 천착을 더 가속화했던 것도 같다.

사르트르나 보부아르는 노년과 죽음과 실존에 대해 꽤 열심히 연구하고 썼지만, 존재에 대한 핵심적인 면을 속 시원하게 해결하지는 못했던 것 같다. 언어를 사용해 언어 속에 갇혀야 하는 철학자가, 언어가 멈추고 언어로는 설명할 수 없는, 언어 넘어 존재하는 죽음을 설명할 방법은 없어 보인다. 철학자들이 묘사하는 죽음은 자신이 경험하는 죽음이 아니라 타인의 죽음을 관찰하는 것일 뿐. 죽음의 핵심에 들어가지는 못한다.

그러니 죽음에 대해 앉아서 글을 쓰기 전에, 죽어가는 노인과 병자, 세상이 참으로 황폐하고 위험함에도 불구하고 방긋방긋 웃어주는 아이들, 특히 버려져 죽음의 위험에 방치되기도 했지만 다시 새 생명을 찾은 고아들을 찾아보는 것이 차라리 낫겠다. 이승의 일을 알기도 힘든데 귀신이나 저승의 문제를 어떻게 논하겠느냐고 공자가 반문한 이유가 이래서 아닐까.

책상머리의 철학이 머리와 글과 말로 죽음을 추측하는 동안, 세상의 이름 없는 장삼이사들의 삶은 사랑하는 이들의 죽음을 체험한다. 죽음은 '아는 것'이 아니라 간접적으로나마 '체험하는 것'이다. 하찮은 이의 똥과 오줌을 치우고, 하찮은 이에게 음식을 먹여 주는 이유는 나와 사랑하는 상대가 죽음으로 인해 언제든 헤어질 수 있기에, 순간들이 너무나 가치 있기 때문일 것이다. 아무런 혈연관계도 없는데, 죽어가는 이들의 대소변을 받아 내고, 몸을 씻기고, 음식을 먹이는 세상의 모든 돌봄 노동자만큼 숭고한 직업이 있을까.

혼자 살던 노인을 위해 장례식을 챙겨주고, 남은 짐을 정리해주는 직업이 유망한 미래직종으로 부각된다. 결혼도 하지 않고 아이도 갖지 않겠다는 젊은이들이 폭발적으로 증가하고 있으니 앞으로 불과 이삼십 년만 되도 죽음의 풍경은 지금과 많이 다를 것이다. 어쩌면 떠들썩하고 때론 유쾌하기까지 했던 장례식 풍경 대신, 간소하고 적막한 장례식으로 대치될 터이다. 이것이야말로 전쟁 후의 풍경보다 더 실존주의적인 죽음의 풍경이 아닐까 싶다. 혼자 세상에 던져졌으니 혼자 저세상으로 얼른 가라는 명령 같으니 말이다.

매일 회개하는 삶

수십 년 동안 '다발성 경화증'을 앓다가 몇 년 전 사망한 종교학자인 케네스 플 크레이머가 쓴 《죽음의 성스러운 기술》에 보면 랍비 엘리제르는 죽기 전 제자들이 찾아오자 죽기 '딱 하루 전'에 회개하면 된다고 말한다. 당연히 제자들은 묻는다. "그 날이 언제인지 어떻게 알 수 있습니까?" 이에 우리는 언제 죽을지 모르니 매일 회개해야 한다고 랍비는 대답한다. 아. 죽음을 매일 준비하라는 뜻이구나!

그렇다면 우리는 무엇을, 어떻게 회개해서 죽음을 제대로 준비할 수 있을까? 가족을 사랑하지 않고 화만 낸 것? 남들에게 베풀지 않은 것? 하느님이나 부처님을 위해 기도하고 명상하지 않은 것? 자신에게 주어진 재능을 낭비하고 시간을 의미 없이 보낸 것? 거꾸로 자신에게 너무 가혹해서 일만 하고 인생을 즐기지 못한 것? 말을 너무 많이 해서 주변 사람을 괴롭힌 것? 반대로 너무 표현을 안 해서 주변사람을 헷갈리게 하고, 자신의 마음도 속으로부터 썩고 골병 들게 한 것?

생각해보면 회개할 것투성이니, 의술이 발달해서 비교적 자신의 죽음을 적절하게 예측할 수 있는 현대에는 랍비 엘리제르의 조언을 그대로 받아들여 시한부 선고를 받을 때부터 열심히 회개하는 것도 한 가지 방법일 것 같다. 그러나 엄밀히 따져보면, 우리는 모두 시한부인 셈. 요즘엔 시한부 선고를 받아도 워낙 의술이 발단한 관계로 꽤 오랫동안 할 것 다하고 사는 이들이 많다. 자신의 마지막을 알지 못한다는 점에서 비슷하다는 이야기다.

매일 회개하며 죽음을 준비하는 것보다는 차라리 아예 회개할 일을 하지 않으려고 매일 노력하는 것이 더 나은 준비일 수도 있겠다. 깨닫지 못하는 사람들은 한가하면 꼭 엉뚱한 짓을 해서 회개해야 할 리스트만 만들 터이니, 차라리 아무 말도 하지 않고 쓸데없는 생각도 말고, 묵묵히 내게 떨어진 일을 열심히 하는 것이 더 좋은 죽음 준비일 수도 있겠다.

매일 회개하며 죽음을 준비하는 것보다는

차라리 아예 회개할 일을 하지 않으려고

매일 노력하는 것이

더 나은 준비일 수도 있겠다.

성스럽고 저주받은

'성스러움'을 뜻하는 라틴어 'sacer'는 때로는 '저주받은maudi'이라는 뜻으로 해석이 된다고 한다. 멜라네시아의 'mana', 북미 인디언 '수'족의 'wakan', 또 다른 북미 인디언의 'orenda' 역시 성스러움을 뜻하는 동시에 저주받았다는 의미를 갖는다. 어쩌면 죽음 역시 그렇다. 죽음처럼 성스러움에 가까이 가는 순간은 없다. 태어나는 순간 역시 조금은 성스럽지만, 사자死者의 침대만큼 종교적일 수는 없다.

비루한 인생을 마감하고, 이제는 자유로운 영혼이 되어 이 넓은 우주의 일원이 되는 순간인데도, 이승의 삶에 집착하는 우리는 죽음이 저주라고 자주 착각한다. 특히 젊은이들은.

아주 건강한 노인들이 갑자기 죽으면, 죽음이 그렇게 예고

없이 찾아온다는 사실에 젊은이들은 전율하지만, 나이가 꽤 많은 노인들은 "참 그분이 부럽다. 죽음 복이 있네."로 반응한다. 죽음, 그 자체보다 죽음의 과정이 더 무섭기 때문이다.

나 말고 정말로 나이가 더 많은 노인들은 거의 입을 모아 깊게 자는 듯 자다가 죽을 수 있는 죽음복을 달라고 기도한다. 뜻을 펴보지도 못하고 젊어서 생을 마쳐야 하는 것은 저주이지만, 죽을 때가 가까워 할 일을 웬만큼 하고 죽는 것은 성스러움의 회복이기 때문이다.

이제 예전 같으면 동네잔치를 할 환갑,진갑의 나이가 되고 보니, 앞으로의 내 죽음은 저주나 불운이 아니라 점점 더 축복이며 기쁨이 되어가고 있다는 생각에 조금 안심이 된다. 제대로 인생의 즐거움도 아름다움도 만끽하지 못하고 요절한 아이들, 젊은이들에 비해 이만큼 누리고 살았으니 어찌 미안하지 않겠는가.

그저 자식에게 누를 끼치지 않고 너무 오래 살지 않고, 하루 빨리 조용히 사라지면 좋겠다고 말하는 노인의 숫자도 점점 늘어가는 것 같다. 떠들썩한 장례식은 사라지고, 죽음 역시 점점 더 개인화되고 있으니, 어쩌면 저주도, 축복도, 성스러움도 없는 그저 적요한 형식으로 변하고 있는 것은 아닌가도 싶다.

따지고 보면, 부처님도 예수님도 형식이 중요한 것이 아니라 가르침을 따르는 것이 중요하다 했으니, 장례 예식의 퇴락을 걱정할 것이 아니라 우리 자손에게 남길 영적이고 성스러운 마음의 유산을 혹시 남기지 못할 수도 있다는 사실을 더 안타까워해야 하지 않을까.

내 작은 몸에서 벗어날 기회

우파니샤드*에는 이런 구절이 있다.

"미세한 것보다 더 미세하고 큰 것보다 더 큰 아트만**은

생명의 심장에 숨어 있다.

욕심을 버리고 온갖 슬픔을 다 놓아 버린 사람은

신의 은총으로 아트만의 위대함을 본다."

아주 비슷한 어투로, "가장 작은 것보다 더 작고, 가장 큰 것

---

* 힌두교의 이론적·사상적 토대를 이룬 철학적 문헌들의 집성체.

** '숨쉰다'는 뜻의 산스크리트어인 동시에 힌두교의 기본 교의 중 하나. 힌두교에서 생명은 숨과 같은 의미로 쓰였다. 숨쉬는 생명인 아트만은 '나'를 말한다. 그래서 한자로는 '아(我)'로 표기한다.

보다 더 큰 것이 도."라고 노자도 말했다. 예수님 역시 가장 하찮은 존재 속에 하느님이 계신다고 했다. 마이스터 에크하르트는 자신에 대한 집착을 놓아버렸을 때 하느님을 만난다고 했다.

그렇다면 우리가 놓치고 있는 가장 작은 것보다 더 작고 가장 큰 것보다 더 큰 것은 무엇일까. 모든 종교에서 이야기하고 있는 자비이자 사랑일까? 진실로 사랑하고 존경하는 대상 앞에서, 그 대상이 하느님이든, 부처님이든 나는 더 작아져야 하고, 그 대상은 더 큰 것이라는 깨달음을 가져야 하는 것일까?

융 심리학에서는 가장 극복하기 힘든 콤플렉스 중 하나를 자아 콤플렉스라고 설명한다. 나는 이런 사람이고 나는 이런 것이 좋고, 나는 이런 것을 원하고, 나는 꼭 이런 것은 해야 한다는 심리다. 내가 금쪽 같이 지키고 싶은 이른바 나란 존재가 어쩌면 개미나 바이러스보다 더 위대한 무언가를 영원히 지닌다고 과연 이야기할 수 있을까. 특히나 시간이라는 괴물앞에 무력한 내가?

그러니 나는 미세한 것보다 더 미세한 존재일 수 있는 것이다. 하지만, 우파니샤드와 노자는 역설적으로 그 모든 미세한 존재 하나하나에서 또 위대한 신의 은총, 혹은 도를 찾는다. 나는 미세하고 덧없는 존재이지만, 찰나의 기회라 해도 신의 은총, 혹은 도를 만날 기회가 주어졌다는 이야기다.

죽음은 작은 '나'에게 집착하는 내 몸에서 자동적으로 벗어나는 기회라, 어쩌면 신의 은총으로 위대한 아트만을 만날 기회가 주어지는 과정일 수 있다. 다만 힌두교 경전《베다》에 등장하는 죽음과 시간의 신인 '야마'나, 저승으로 안전하게 들어갈 만큼 깃털보다 가벼운 영혼을 가졌는지 저울에 재보는 이집트 죽음의 신 '아누비스' 같은 성스러운 존재의 재판을 기다려야 하게 되지 않을까. 가톨릭 신자라면 단테의 신곡 속에 나오는 연옥같은 곳으로 갈지, 불교 신자라면 팔열팔한八熱八寒 지옥으로 가게 될지, 살아 있는 사람으로서는 미리 알 수 없는 노릇이다.

죽음은 나를 버리고 그야말로 홀가분한 영혼이 될 기회일 수도 있지만 대부분의 사람들은 끝까지 안 죽으려고 '나'에게 집착한다. 영혼이 아니라, 생존 본능에 사로잡힌 우리 세포의 본능 때문이리라. 영혼 말고 물질에만 집착하는 현대 의학은 그런 '나'에 대한 집착을 조장하고 도와준다. 현대의 자아 심리학은 더욱 더.

분석심리학자들은 그나마 좀 다르다. 융이 '개성화'*를 말

* 칼 융이 자기 속에서 전체화가 어떻게 이루어지는지 설명하기 위해 사용한 개념으로, 하나의 전일성을 지닌 본래의 자기가 되는 것을 말한다.

하면서 자아를 벗어나 우주와 합일이 되는 '자신'를 발견해보라고 주문해서 참으로 고맙다. 그리고 그런 융을 만나게 해준 스승님들, 내 분석가들 그리고 동료들, 또 내게 가르침과 깨달음을 주게 한 내담자들이 너무나 고맙고 또 고맙다.

특히 자신의 죽음 앞에서, 또 사랑하는 이의 죽음 이후에도, 인간의 품격을 잃지 않고 당당하게 운명을 받아들이고도 고통을 극복해 간 내담자들에게 더 깊은 존경을 보내고 싶다.

의사의 몫

독일의 의사이자 작가인 한스 카로사는 자신의 책에서 죽어가는 환자에 대한 기억, 자신이 보지 못했던 많은 것을 안타까워하는 의사의 심정을 묘사한 바 있다.

돌보던 환자가 결국 죽어야 한다는 사실은 의사들에게 가장 힘든 일 중 하나다. 임상 의사로서는 피할 수 없는 일상이자 관문이기도 하다. 한편으로 죽어가는 환자만큼 의사에게 많은 것을 가르쳐주는 큰 스승은 없다. 말기 암 환자, 고강도의 스테로이드처럼 아무리 센 약을 써도 낫지 않는 자가면역질환, 어떤 항생제도 듣지 않는 중한 감염성 질환 앞에서 의사들은 절망하는 동시에 역설적으로 성찰할 수 있는 기회를 얻는다. 비현실적인 드라마와 달리 죽어가는 환자를 낫게 하는 영웅 같은 모습보다는 환자와 보호자로부터 질타의 말을 듣는 패배자의 기분만 크게 느끼기 때문이다. 인심과 성정들이 지금처럼 팍팍하지 않았을 때는 혹 의사가 실수를 해도 그게 운명이려니 하고 너그럽게 이해해주었다. 또 의학 지식이 일반인들에게 노출되지 않았기에 지금처럼 의료진에 대한 공격이 날서지는 않았다. 하지만 이제는 세상이 달라져 오로지 선의의 목적을 가졌다 해도 결과가 나쁘면 법적인 처분을 받게 되었다.

이런 의료 환경에서 '안락사'란 어쩌면 매우 비현실적인 생각일 수 있다. 연명치료나 혹은 제대로 치료 받는 것을 거부해서 스스로 죽음을 택하는 것과는 다르게, 죽음의 과정을 의사에게 맡기는데 과연 의사가 본인의 안전을 보장받으면서 안락사를 시행할 수 있을까. 예컨대 치매 진단을 받고 안락사를 결정했다고 치자. 적당한 의사를 알아보고 주변 정리를 다한 후, 장례 준비까지 마친 후 안락사 날짜가 다가왔을 때 치매 증상이 급격히 나빠지면서 자신의 결정을 기억 못할 수 있다. 이럴 때 과거 계약을 했으니 안락사를 하겠다는 의사가 있을까.

환자를 살리겠다고 선서한 의사들에게 안락사라는 행위는 일종의 자기모순이다. 가망 없으면서 본인과 주변만 괴롭히며 삶에 매달리는 환자들을 볼 때 안락사의 충동이 혹 생긴다 해도, 윤리적 딜레마는 풀기 쉽지 않다.

어쩌면 안락사가 가능했으면 좋겠다는 나 같은 사람의 마음을 깊이 들어가 보면, 노화와 죽음의 과정에 대한 공포와 고통을 마주할 자신과 용기가 없어서, 힘든 결단을 누가 대신해주길 바라는 것일 수 있다. 연명치료 거부는 비교적 쉬운 결정이지만, 안락사는 능동적으로 생명을 단축시키는 것이기 때문에 복잡한 윤리적 사회적 문제가 생길 가능성이 높다. 한국 노인의 자살률이 세계 제1위인 것은 본인들이 주변에 누가 되지 않도록 결정하는 일종의 안락사 선택이 아닐까 하는 생각도 든다.

불운한 성공을 흉내내지 말 것

잔혹 연극으로 우리나라에도 꽤 알려진 20세기 프랑스 극작가이며 시인인 안토닌 아르토는 말랑말랑하고 고전적인 연극을 완전히 벗어버리고, 폭력, 근친상간, 광기 등 상상이 도달할 수 있는 끝까지 가면서 인간의 악한 부분을 천착한 작가다. 어려서 뇌 질환을 앓고 오랫동안 부모와 떨어져 요양 생활을 했고, 그때 처방받은 마약성 약물 때문에 평생 약을 완전히 끊지 못했다. 결국 대장암 진단을 받고 난 후, 아마도 치사량의 신경안정제를 먹고 죽게 된다.

그의 죽음이 자살인지, 사고사인지 확실하지 않지만, 어려서 혼수상태에 빠질 정도로 심각한 뇌 질환을 앓았던 경험, 부모와 오랫동안 떨어져 병원에서 지낸 일 등이 그의 천재성과 화학반응을 일으켰던 것 같다. 당시 사람들은 상상하지도 못할 아주 위험한 주제와 형태로 희곡, 시나리오, 시 등을 창작했기에 20세기 프랑스 문화사를 바꾸었다고 해도 과언이 아니라고도 한다.

한마디로 남들은 가지 않는 길을 찾아 끝까지 가려 했던 사람이다. 만약에… 라는 말은 과거에 일어난 사건에 대해 별로 도움될 만한 합리적인 분석은 아니지만, 아르토가 만약 어려서 보다 나은 치료를 받고 좋은 부모와 함께 지내며 성장했다면 어땠을까 하는 상상을 해 보게 된다. 물론 21세기의 정신과 약물이 환자들의 창조적 에너지에 도움이 된다는 증거는 없지만. 어떤 우여곡절을 거쳤든, 가장 극적이고, 어떤 사조에도 반골이었던 아르토가 과량의 약물을 먹고 사인이 불분명한 채 죽었으니 창조적 활동 그 자체가 끝난 것 아닌가.

비슷한 시기의 이탈리아 화학자이자 작가 프리모 레비 역시 안타까운 경우다. 아우슈비츠 수용소에서 살아남은 후, 나치가 그런 악한 일을 왜 벌였는지, 또 수용소에서 나치에 부역했던 이들, 그리고 그런 이들이 너무나 평범한 우리 이웃이었다는 사실에 인간, 그 자체는 도대체 어떤 존재인지 깊이 고민했던 철학자이자 작가였다. 죽음이라는 극한 상황과 관련된 인간의 심리를 끝까지 파고드는 책도 여러 권 내고 나름 가정을 꾸려가며 정착했지만, 자신의 집 베란다에서 떨어져 죽었다. 이미 여러 번 우울증 치료를 받고 인간과 삶에 대한 회의를 자신의 저작 속에서도 표현했기 때문에 자살이라고 보는 사람도 있고, 그저 사고사라고 이야기하는 이도 있다. 그 죽음의 원인이 무엇이건 간에 인류 공통의 죽음이라는 문제에 정면으로 맞서며 괴로워했던 사람이다.

때로 어떤 사람들은 다른 사람을 조종하고, 관심을 받고, 지루함과 좌절을 푸는 방식으로 자살 기도를 하기도 한다. 그러나 죽음과 고통이라는 문제를 자신의 몸을 하나의 재료로 삼아 풀려고 했다는 점에서, 우리를 더 숙연하게 하는 것 같다.

하지만 우리 같이 평범하게 살다, 삶의 의미가 무언지 혼란 속에 헤매기만 하다 갈 사람들은 행여 그들의 자살을 흉내내지 말아야 한다. 존재의 본질 탐구는커녕, 살아남은 사람들의 심장에 칼만 꽂고 가는 참으로 죄 많은 일일 뿐이다. 일본 근대 소설의 대표작 중 하나인 나쓰메 소세키의 〈마음〉에는 삶의 의미와 자존감을 잃고 죄책감에 자살하는 두 남자가 등장한다. 괴테의 소설 《젊은 베르테르의 슬픔》의 죽음처럼 낭만적이지도 않고, 구한말 무너지는 조국의 운명 앞에 목숨을 내놓은 황익현의 경우처럼 숭고하지도 않고, 그냥 찌질할 뿐이다. 그리고 대부분의 자살은 자신이 지고 갈 짐을 살아남은 사람들에게 모두 옮겨지게 하고 생명을 가진 주체의 책임에서 우물쭈물 도피해보려는 시도가 불운하게 성공한 결과일 뿐이다.

어느 날 갑자기 완벽한 노후란 없다

돈 걱정 건강 걱정 없고, 든든한 자식도 있어서 노후는 끄떡없다고 생각하는 정말 소수의 몇몇을 빼고는 대개 백세 시대가 반갑기보다는 무섭고 걱정일 것이다. 아무리 부자라도 건강이 따라 주지 않으면 갖고 있는 돈을 호기 있고 자유롭게 쓸 수가 없으니 소용이 없다. 모든 세속적 조건을 다 갖추고 있다 해도 자식들이 미덥지 않다면 요양병원에 들어가 남의 손에 늙어가는 몸을 맡겨야 할 미래가 두렵다. 건강, 자식, 재산, 다 없이 명예는 있다 해도 은퇴 후 모든 외적인 조건이 하나둘씩 사라져 자연의 개인으로 돌아갈 때 과연 명함도 감투도 없는 낯선 상황을 감당할 수 있을지 자신이 없다.

아마 그런 두려움, 걱정, 불안 때문에 TV나 소셜미디어에

장수 시대를 대비하는 온갖 장수 식품, 약, 운동법, 식이 요법, 연금이나 보험 등 노후를 위한 서비스를 광고하는 프로그램들이 많을 것이다. 노후를 이러이러하게 대비하라는 여러 비법 아닌 비법 혹은 자신의 경험들을 담은 책도 넘쳐난다. 그중에는 도움 되는 것들도 있고, 공감이 되지 않는 것도 있을 것이다. 개인의 가치관에 따라 받아들일 수 있는 조언과 그렇지 않은 조언이 있기 때문이다.

수십억의 인생 중 똑같은 인생이 있을 수 없는 것처럼, 노후 역시 누구에게나 잘 들어맞는 절대 불변의 원칙은 없다. 노후란 중년, 장년을 거치면서 오랜 시간 축적된 삶의 결과로 주어지는 것이기 때문에 어느 날 문득 '완벽한 노후'를 만들어 낼 수 없다. 젊어서 어떻게 살았느냐에 따라 노후의 그림이 완성되는 것이니 아주 어린 시절부터 노년을 계획하고 그쪽 방향으로 인생을 차근차근 준비해야 편안하게 주어진다. 그러나 노년, 죽음을 부정하고 외면하고 배제하는 젊음 지향의 사회에서 노년에 대한 상상력은 턱없이 부족하다. 간접 경험의 기회도 거의 없다.

어려서부터 노인과 함께 하는 삶을 살았던 과거 세대는 그런 면에서 처지가 좀 낫다. 늙으면 저렇게 힘이 없어지는구나,

아플 수 있구나, 정신이 깜박깜박할 수 있구나, 저러면 추해지는구나 하는 간접 경험을 할 수 있었기 때문이다. 젊을 때 자신의 노년을 상상할 수 있어야 더 지혜롭게 정신 바짝 차리고 젊은 시간의 가치를 안다. 그러나 노인들을 가까이 대하고 노년에 대해 생각할 기회가 없는 21세기 젊은이들은 노년에 대해 막연한 두려움만 갖기 십상이다. 노인에게서 자신의 미래를 찾지 않는다. 대신 타자로 대상화하여 '틀딱'이니 '꼰대'니 하는 식의 비아냥거리고 혐오와 분노를 쏟아붓기도 한다.

노인에 대한 공감 능력이 없다는 것은 결국 자신의 미래에 대한 공감 능력이 없다는 뜻이다. 병원이나 요양 시설 종사자, 공동체의 사회사업가 혹은 대가족의 일원으로 노인 대상 돌봄 노동을 하는 이들은 일은 힘들지만, 자신의 노후를 미리 상상하고 깊이 고민하고 준비할 수 있다는 점에서는 행운이다. 성공적으로 노년과 죽음을 보내는 사람들을 곁에서 볼 수 있다면 그 길을 따라가면 되는 것이고, 돈과 권력이 있어도 끔찍하게 멍청한 노년을 보내는 사람들을 만나면 그 반대로 하면 된다.

각종 매체에서는 일단 돈 그리고 만나는 사람들이 많아야 좋은 노후라고 조언한다. 그럴 수도 있지만, 반대일 수도 있다. 돈으로 관계를 사고, 돈으로 자신의 가치를 사야 하는 경우는 특히 행복의 외피를 입은 불안과 공포의 삶이다. 예컨대, 자식들이 찾아올 때마다 돈을 쥐어주고, 오지 않으면 돈을 주지 않는 자녀들이라면, 과연 그 자녀들이 정말 사랑스러운가. 돈 자랑 자식 자랑하지 않으면, 어떤 이들에 대한 가십과 비난과 분노만 표출하는 모임에 나가서 과연 귀와 가슴이 행복해지는가. 명품 쌓아 장 속에 놓아두었는데 막상 갈 때도 없고, 쓸 때도 없고, 게다가 유행까지 뒤처져 입을 수도 없다면 정말 그런 명품을 산 자신에게 뿌듯한 자부심을 느끼는가. 이곳저곳 감투를 쓰고는 있는데 젊은 사람들이 자신을 썩 반기는 것 같지 않은 느낌이 들 때 과연 그 자리가 명예로울지. 스스로에게 솔직하게 물어볼 일이다. 죽음이 코앞에 있는 이들 대부분이 공통적으로 돈, 명예, 자식, 건강에 대한 집착 같은 것이 다 소용없다고 왜 토로하겠는가.

그렇다면 "세상 모든 것이 다 부질없는 것이니 자연인으로 돌아가 죽을 날만 기다리고 있으란 말인가?" 하고 반문할 수 있다. 꼭 그렇지는 않다는 점을 정말로 멋진 노년을 보내고 있는 몇몇 분들은 몸소 보여 주고 있다.

우선 자신이 가진 것을 최선을 다해 주변에 나누어주려고 애쓰는 분들이 있다. 모임에 가도 감투에 연연하거나 자신의 뜻대로 젊은 사람들을 좌지우지하기보다는, 조용히 계시다가 누군가 구체적으로 도움을 청할 때 기꺼이 상대가 원하는 것을 해주는 진정한 어르신들이다. 어떤 훌륭한 도움이나 조언도 상대가 원하지 않으면 간섭이나 잘난 체 혹은 갑질일 수 있다는 것을 그들은 안다.

그만한 지혜를 나누어줄 만큼 깨달음이나 정보가 없지만, 소중히 모은 돈이라도 죽기 전에 나누어주겠다는 이들도 참으로 훌륭한 분들이다. 하지만 많은 노인들이 많든 적든 자신의 돈을 남들에게 나누어주지 못한다. 꼭 이기적이고 탐욕스러워서가 아니다. 그 돈을 모을 때까지 고생했던 자신의 과거가 투영된 돈이 없어지면 자신의 가치도 없어질 것이라는 허무감 불안감 때문인 경우가 적지 않다. 막상 돈이 없어지면 찾아올 수도 있는 무의미, 공허감을 극복하고 용기 있게 주변에 베푸는 그들 역시 굉장한 노인들이다.

돈도 지혜도 없지만, 마지막까지 주변에 폐를 끼치지 않고 살기 위해 열심히 실천하는 것 역시 어렵다. 아프면 누군가 옆에 있으면 하는 게 사람의 마음이다. 결코 돌아올 수도 없고, 누구 미리 가본 사람이 있어서 그 정보를 가르쳐줄 수도 없는, 완전히 새로운 길을 떠나면서 어떻게 무섭지 않겠는가. 죽으면 끝이니 죽음 그 자체는 두렵지 않다고 생각해도, 죽음에 이르기까지 겪어야 하는 고통이 두렵지 않다면 그 또한 사람이 아닐 것이다.

어쩌면 인간은 좀 더 겸손하게 자연에서 배워야 하는 게 아닌가 하는 생각도 든다. 나이가 들면 무리에서 벗어나 죽음의 자리로 가서 조용히 마지막을 견디는 코끼리들, 주인들이 슬픔을 겪지 않도록 집을 떠나는 고양이들, 늙으면 무리에서 내쫓겨 홀로 죽음을 맞는 군집생물들의 본능을 어쩌면 인간의 의식이 따라가지 못하는 게 아닌가 하는 생각도 든다.

다행히 행복한 노년과 죽음을 맞이하기 위해 어떤 준비를 해야 하는지에 대해 예수님, 부처님, 알라, 비쉬누, 천지신명 등 여러 종교의 신들이 참으로 친절하게 가르쳐주셨고 그 가르침이 어려울까봐 각종 해석과 주석서가 수천 년 동안 누적되어 왔다. 내가 마음만 연다면 노년과 죽음의 비의를 가르쳐 주는 스승의 가르침이 차고 넘치지만, 내가 마음을 열지 않았을 뿐인 것이다. 건강식품을 하나라도 더 먹고, 각종 보험을 들어 넣고 하는 것도 좋지만 오늘 하루 죽음과 죽음 너머를 묵상하면서 내 그릇으로는 과연 무엇을 해야 하는지 스스로에게 물어보고 실천해야 한다.

그래도 여전히, 유튜브와 TV와 카톡 메시지는 노인을 위한 재무상담과 보험 정보, 종부세 상속세 같은 이야기들만 쏟아 낸다. 어쩌면 현재 노인들은 심리적으로나 체력적으로는 노년 준비를 비교적 잘 하고 있지만, 재정적으로는 그렇지 못하다는 반증일 수 있겠다.

대부분의 노년에게 실존적 고민 따위는 사치일까. 그렇다면 "배부른 돼지보다는 배고픈 소크라테스가 되겠다."라는 유명한 관용구가 진정 더 이상 필요 없는 '돼지의 시대'가 되었다는 뜻인가.

생명체 보존의 법칙

세포는 생성되고, 분열되어 점점 더 늘어나려는 경향과 함께 불필요한 수나 양을 조절하려는 자가소멸apoptosis 기능을 내장한다. 아주 낮은 단계에서 한편으로는 만들어내고 한편으로는 죽이는 것이다. 아직 어떻게 세포가 스스로를 사멸시키는지 완전히 알려지지는 않았지만, 이런 자가소멸 기능이 세포를 위해 꼭 필요하다는 것은 확실하다. 이 기능이 정상적으로 작용하지 않는 것이 각종 자가면역질환이나 암이다.

크게 봐서 자기 소멸은 모든 생명체의 보존 법칙이다. 기후 변화 때문이라는 등 소행성과의 충돌이라는 등 다른 설도 있지만, 공룡이 멸종된 것은 다른 종을 모두 소멸시킬 만큼 지나치게 그 개체수가 늘어났기 때문이라고 주장하는 사람들도 있다. 그리고 인류도 마찬가지라는 것이다. 지금 인류는 자기 대신 지구상의 모든 종을 거의 대부분을 소멸시키고 있다. 살아남은 종들은 오로지 인류에게 꼭 필요한 것처럼 보이지만, 결국 생태계가 교란이 되어 부메랑처럼 인류 멸종을 앞당기고 있다는 것이다.

그렇게 따지고 보면, 아이를 더 이상 낳지 않겠다고 말하는 선진국의 많은 젊은이들이 생태적으로는 현명한 것이 아닐까. 지금처럼 선진국에서 아이를 계속 키우려면 지구 자원의 몇 배를 다 써도 모자란다고 한다. 후진국 아이에게 드는 돈의 수십 배를 들여 아이를 키우고 있으니 선진국의 젊은이들이 아이를 낳지 않겠다고 선언하는 것은 매우 양심적이다.

그렇다면 부자 나라인 백인종들이 결국 소멸되지 않겠느냐고? 민족주의적인 애국자들은 충분히 걱정할 만하다. 하지만 나라 간 이동이 활발하고 어떤 식으로든 이민이 가능한 지금, 민족주의는 사실상 용도 폐기된 이데올로기가 아닐까. 게다가 선진국들은 다른 나라에서 아이를 데려와 키울 만한 용량이 아직은 충분하다.

이런 민족 간 대이동은 사실상 현대에만 국한된 이야기는 아니다. 먼 옛날, 켈트 족 등 몇몇 인종은 인도 근처에서 이동해 유럽으로 왔다고 주장하는 이도 있다. 실제로 켈트족의 전설,

종교적 전통은 게르만인들과는 참 많이 다르다. 인도의 카스트 제도는 사실상 아리안족이 침입한 후 원주민을 노예로 삼으면서 생긴 것이라는 설도 있다. 일본의 천황은 사실상 한민족韓民族이 건너가서 된 것이라고 말하는 역사학자들은 또 얼마나 많은가. 유전자를 따지고 보면 한민족과 유사한 바이칼호의 코리족, 브리야트 몽골족을 보라. 게다가 터키말은 한국어와 그 뿌리가 비슷하다고 한다. 고구려, 부여, 예맥 모두 지금의 한민족과는 많이 달랐을 수 있다. 한민족은 단일민족이라는 개념은 어쩌면 일제가 만들어서 한국인들을 좁은 반도에 가두어두기 위한 이데올로기일 수도 있지 않을까.

반대로 전 세계로 퍼져 있는 한인들은 반도의 한인들보다 오히려 더 씩씩하게 자손을 불리고 있다. 원래 전쟁, 이민 등을 거치고 나면 출생률이 높아진다는 것이 통계적으로도 입증된다. 적당히 스트레스를 받고 힘들어야 아이를 낳는다고 한다. 그러니 한민족이 소멸될 걱정일랑 너무 말고, 조금씩 출생률이 줄어들고 있는 것을 인정하고 정책을 재정립하는 것이 맞을 것도 같다.

다만 아이가 줄어들고, 노인들은 많아지면서 '노화와 죽음'에 대한 태도를 지금보다는 더 성숙하고 더 구체적으로 바꾸어

나가야 한다는 점은 깊이 더 고민해야 하지 않을까 싶다. 사회가 늙어가는 것을 인정하지 않고 계속 젊어야 한다고 고집하는 것이나, 자신이 늙어가고 죽는다는 것을 부정하고 영원히 살 것처럼 착각하며 돈으로 모든 걸 해결할 수 있다고 믿는 부자들이나, 추하고 미련한 것은 마찬가지다.

때론 행복하고, 때론 끔찍한 것

나는 여행을 썩 즐기는 편이 아니다. 막상 가면 참 좋아하고 즐기지만 여행의 준비 과정을 싫어하기 때문이다.

죽음에 대한 내 태도도 비슷한 것 같다. 죽고 난 후에는 내 영혼이 오히려 홀가분하고 좋을 수도 있을 것 같다. 또 완전히 나란 존재가 사라지고 나면 사실 그간의 고민과 집착과 모든 부정적인 감정들로부터 벗어나는 것이니 얼마나 축복받은 일인가. 하지만 그런 이행과 변환 과정이 얼마나 힘든지 너무나 많이 보았기 때문에 두렵고 피하고 싶다.

90세가 되면서 암 진단을 받은 시어머니는 내가 무슨 죄를 졌다고 이런 나쁜 병에 걸리게 되었냐고 말씀하신 적이 있다. 의사의 입장에서 보자면 '암'이란 일종의 노화 과정일 수도 있고, 90세까지 암에 걸리지 않고 지내다 그 나이가 되어서야 발견이 되었다면 엄청난 행운인데도 본인의 입장은 다른 것이다.

생태학자인 구달 박사는 104세가 되었을 때 사는 것이 너무 지겹고 힘들다며 스스로 안락사를 택했다. 100세는 지나야 진실로, 참으로 진실로, 사는 것이 지긋지긋해지는 걸까? 따지고 보면 나이가 문제는 아닌 것 같다. 13세 아이도 어머니에게 꾸중을 들은 후 사는 게 참 지긋지긋하다고 여겨져 자살을 택할 수 있는 것이니까. 90이 넘어도 삶에 미련이 남아 더 살고 싶다면, 역설적으로 참으로 행복한 인생을 잘 살아왔다는 뜻이니, 스스로의 삶과 죽음이 축복이라는 점을 환기시켜야 할 것 같다.

반대로 사는 것에 진심으로 아무 미련이 없다고 말하는 사람들의 마음에는 우울감과 비관주의가 숨어 있을 수도 있다고 생각한다. 그리고 대다수의 사람들이 죽음을 대하는 태도에 이 두 가지가 다 들어 있다. 때론 행복하고 때론 끔찍한 것이 인생이니까.

장례 파티를 여는 마음

미국의 정신과 의사이자 임종 연구 개척자인 엘리자베스 퀴블러 로스는 시한부 선고를 받은 후, 사람들의 감정이 '부정-분노-타협-우울-수용'으로 진행된다고 정리했다. 하지만 개인적으로나 정신과 의사로서나 더 다양한 증례를 대하면서 그 5단계가 꼭 들어맞는 것은 아니라는 점을 절감한다. 물론 퀴블러 로스 역시 대략 그렇다고 말한 것이지 예외는 없다고 했던 것은 아니다.

예컨대 시한부 선고를 받은 후, 오히려 주변을 정리할 시간이 주어졌으니 다행이라고 생각하는 경우도 있다. 자신에게 시간이 얼마 남지 않았으니 정말 꼭 필요한 일, 만나고 싶은 사람만 만나 간결하고 산뜻하게 일상을 정리할 수 있다. 이제 다시는 만나지 못할 봄, 여름, 가을, 겨울의 정취도 매순간 꼭꼭 느끼며 보내게 된다. 가치 있는 것만 골라서 하다 보면, 암 선고를 받고 나서야 진짜 인생이 무언지 알게 될 수도 있다.

울고 싶은데 뺨 맞는다고, 워낙 죽고 싶었는데 잘 되었다고 생각할 수도 있다. 자살을 하면 남은 사람들에게 죄책감, 우울 등을 남겨 주기도 하는데, 병으로 죽었다고 하면 남은 사람들이 크게 상처 받지 않고 자연스럽게 받아들이기도 한다.

물론 내가 죽는다는데 뇌 기능이 정상인 한, 우울하지 않기란 힘든 일이다. 하지만 10대의 아들 둘을 연달아 잃은 채 사셨던 외할머니는 돌아가시기 전, 우울하기보다 오히려 들뜬 마음을 슬쩍 보여주셨다. 사랑하는 아들, 예수님, 성모 마리아님, 하느님을 만나게 될 것이라는 기대감 때문이었을까. 역사적으로 적지 않은 수도자들이 세상을 떠날 때 행복한 미소를 띠었다고 한다. 그리고 보면, 퀴블러 로스의 5단계는 철저하게 세속적인 가치에 살았던 이들에게만 해당되는 법칙이다. 더구나 마비가 왔다든가 심각한 장애가 있어 몸이라는 감옥에 오랫동안 갇혀 있었다면 죽음을 일종의 해방처럼 받아들일 수 있을 것 같다.

더 이상 나아지지 않는 심각한 신체 질환 환자들이 안락사를 택하고, 죽기 전날 일종의 장례 파티를 여는 마음. 그리 이상해 보이지 않는다.

최선의 치매 예방법

많은 위대한 철학자들이 죽음에 대해 이야기하면서 건망증이나 치매에 대해서는 별로 많이 다루지 않았다는 점이 흥미롭다. 아마도 건망증이나 치매는 의사들이 연구할 분야라고 생각해서인지, 아니면 자신의 명철한 철학적 사고와는 어울리지 않는 주제라고 생각했는지는도 모르겠다.

하지만 들여다보면 좀 다르다. 소크라테스는 죽기 전, 아스클레피오스에게 빚진 닭을 대신 갚아달라고 했다. 혹시 깜박한 건 아닐까. 칸트가 죽기 전까지 아주 정확한 산책로만 왔다 갔다 한 이유는 건망증을 속였거나 혹은 길치이기 때문에 길을 잃을까봐 무서워서는 아니었을까. 그런가 하면 헤겔, 피히테, 니체, 하이데거는 게르만 민족이 꽤 오래전에 로마 민족에게 무시와 혐오를 당했었다는 역사적 사실을 잊거나 아님 일부러 잊어버린 척했을지도 모른다.

실제로 니체는 매독 혹은 뇌졸중으로 의심되는 뇌 질환 때문에 치매 상태로 말년을 보냈다. 적지 않은 예술가들이 신처럼 받드는 지성의 대표 자크 라캉도 노년에 치매, 노인성 정신병으로 의심되는 증상들이 심각해져 제자들이 단상에서 모시고 내려왔다는 전설 같은 후일담이 전해진다. 이렇게 역사에는 걸출한 철학자들이 철학자답지 않은 말년을 보냈다는 기록이 꽤 많이 있다.

정신과 의사이면서 미국의 가장 위대한 종교 사상가인 윌리엄 제임스는 스스로 자신의 신경증적인 성격을 인정한 바 있다. 미셸 푸코의 아버지는 비사회적이며 동성애적인 경향을 고치라며 아들을 정신병원에 입원시켰다. 하지만 실은 푸코가 아니라 아들의 천재성을 모른 채 고집만 부렸던 그의 아버지야말로 초기 치매나 노인성 망상증은 아니었을까.

하이데거는 나치에 부역한 과거 때문에 말년에 심각한 우울증을 남몰래 앓았다. 수천만 명의 사망자를 낸 2차 세계대전을 방조한 자신의 과오를 잊기 위해 차라리 치매에 걸렸으면 좋겠다고 생각했을지도 모를 일이다.

실제로 치매가 아닌데도 치매인 척하는 대가들이 많다. 친일파를 정리 못하고 그들의 식민사관을 앵무새처럼 따라 하는 우리나라의 일부 지식인들은 식민지 시대가 우리 국민을 얼마나 괴롭혀 왔는지 잊어버린 것처럼 군다. 군부 독재에 부역했던 많은 학자와 지식인들 역시, 사실은 너무나 존경할 만한 부분이 많아서 대부분의 국민들이 마음 넓게 잊어 주는 것뿐이다. 건망증이란 자신들의 오류와 과오를 덮어 주는 편리한 장치가 아닐까.

가벼운 건망증과 달리 알츠하이머, 즉 치매는 이유를 알 수 없는 기전으로 뇌세포에 아밀로이드 플라크가 생긴다. 전반적인 뇌의 축소로 인한 뇌실의 확장, 신경섬유의 다발성 병변 등을 관찰할 수 있다. 그러나 과연 어떤 기전으로 그런 변화가 온 것인지 아직도 결론난 것이 없고, 또 그런 병변과 증상이 반드시 일치하는 것도 아니라, 의사들이 지금도 열심히 씨름하고 있다. 당연히 이런저런 임상 시험에도 불구하고 획기적인 알츠하이머 치료 약은 아직 없는 것으로 알고 있다.

그렇다면 보통 사람들은 치매에 걸리지 않기 위해 어떻게 해야 할까? 따지고 보면, 지나친 걱정도 오히려 정신에 해를 끼치는 것이고, 그렇다고 아무 약이나 음식을 덥석 먹는다고 좋아진다는 보장도 없다. 오히려 예상할 수 없는 부작용 때문에 고

생만 할 가능성이 크다. 재미있는 연구가 하나 있다. 90세가 넘어 돌아가신 수녀님들을 사후에 부검을 해보았는데, 그들의 뇌는 축소되었지만 알츠하이머 증상은 없이 건강한 상태였다. 통계적으로 알츠하이머 환자들의 증례 보고가 계속 증가하고 있다. 실제로 어떤 원인이 증가의 요인으로 작용하고 있는 것인지 들여다볼 필요가 있다. 인간의 수명이 점점 늘어나기 때문인지, 아니면 노인들의 지혜가 전달될 기회가 점점 사라지는 대신 그들을 좌절하게 만드는 기술의 발전으로 노인이 소외되기 때문인지….

그나저나, 요즘엔 가장 좋아하는 일인 독서와 요리가 예전만큼 편하거나 좋지 않다. 냉장고를 열면 열었다가도 왜 열었나 생각하게 되고, 소금을 넣었는지 안 넣었는지 다시 생각해봐야 하니 은근히 스트레스다. 독서 역시 독서용 안경을 어디다 두었는지, 책은 또 읽다 어디에 놓았는지, 돌아서면 책 속의 내용이 그대로 휘발유처럼 날아가 버릴 때도 많아 예전과 사뭇 다르다.

그냥 노화 과정이려니 하고 노년으로서 더 잘할 수 있는 것들을 찾아보려 한다. 예컨대, 옹알이하는 손주랑 대화하기 같은 것. 요즘 손주와 한참 얘기하는 재미가 참으로 쏠쏠하다. 아무도 모르는 외계어이지만 손주와 할머니는 멋지게 서로 통해서 때론 크게 웃고 때론 지긋하게 바라보고 때론 윙크도 하면서 끊임없이 대화를 이어가고 있다. 어떤 책 읽기보다도 더 행복한 일이다.

인구 2억 명이 넘는 미국의 65세 이상 치매 환자가 560만 명이라고 하는데, 비슷한 비율이라면 한국은 적어도 100만 명을 넘을 것이다. 나라고 그중 한 명이 되지 말라는 법도 없다. 치매가 오지 않게 하기 위해 무수히 많은 예방법이 나온다. 무엇을 먹고, 어떤 운동을 하고, 어떻게 사회생활을 계속하고 등….

예방법은 잘 모르겠지만 대비법은 하나 제안하고 싶다. 혹시라도 치매가 오더라도 착하고 상냥하며 겸손한 노인이 되도록 미리미리 마음속 깊이까지 잘 비우고 닦는 것. 병전 성격이 더욱 강화되거나, 아니면 지나치게 억압되었던 것이 터져 나와 다른 사람을 당황하게 하는 치매 환자는 제발 되지 않도록 말이다.

황혼 사랑에 대하여

젊어서는 꽤 잘 놀았을 것 같은 어느 70대 여성 예술인이 "70 넘으면 다 비구니 아냐?"라는 말을 해서 웃었던 적이 있다. 실제로 에스트로젠이 더이상 나오지 않으면서 성적 욕망이 없어지는 이들이 대부분이긴 하다. 그러나 나이 든다고 예외 없이 사랑에 대한 갈구가 없어지는 것은 아니다. 오히려 더 진한 사랑을 새롭게 시작하는 이들도 있다. 요즘엔 시니어 타운 등 노인 집합 거주 시설들이 생기면서 혼자가 된 노인들이 연애를 하는 일들이 종종 있다. 그러면 대부분 그 시니어 타운을 떠나게 된다. 짝을 짓지 못하거나, 혹은 자신의 배우자가 너무 지겨운 이들의 질투 때문이다. 죽어야 끝나는 게 인간의 질투심이고, 죽을 때까지 계속되는 것이 에로스의 장난이다. 그런 노인들을 젊은이들은 때론 당황스러운 시선으로, 때로는 경멸하는 태도로 바라본다. 부모가 자신들의 성 생활을 이야기하면 불쾌해지듯, 노인들이 자신들의 성을 거리낌 없이 밝힐 때, 지혜롭고 무성적인 노인의 모습을 기대하는 젊은이들의 마음은 힘들어진다.

그러나 이제 백세 시대가 되어 60~70대가 되어도 여전히 건강하고 성욕과 사랑에 대한 갈망이 깊은 노인 아닌 노인이 많다. 누가 그들에게 돌을 던지겠는가. 나이 든 자식들은 10대 아이들의 성생활과 연애에 대해 잔소리 하듯 노인들의 사랑에 간섭하려고도 한다. 특히 돈 많은 부모가 배우자 아닌 다른 사람과 새롭게 인생을 시작하겠다고 하면 유산, 노후 간병 문제 등이 복잡해지니 더 반발이 크다. 현실적으로 노후에 새롭게 사랑이 시작되었다면, 웬만하면 동거가 낫지 않나 싶다.

10대 아이들이 열정에 겨워 결혼하겠다고 나섰다가 몇 년 안 가 후회하듯, 노화가 시작되어 판단력이 떨어진 노인들의 정열이 사그라들고 나면 추한 진면목이 들어나는 경우가 적지 않다. 물론 자녀들은 자신들이 끝까지 노후 간병을 책임질 태세가 아니라면 노부모의 황혼 사랑에 대해 왈가왈부하지 않는 게 서로 좋을 수 있다. 어쨌건 기저귀는 망설이고 저어하는 자식들보다는 배우자가 갈아 주는 것이 훨씬 나으니까.

자녀들은

자신들이 끝까지 노후 간병을 책임질 태세가 아니라면

노부모의 황혼 사랑에 대해

왈가왈부하지 않는 게 서로 좋을 수 있다.

어쨌건 기저귀는

망설이고 저어하는 자식들보다는

배우자가 갈아 주는 것이

훨씬 나으니까.

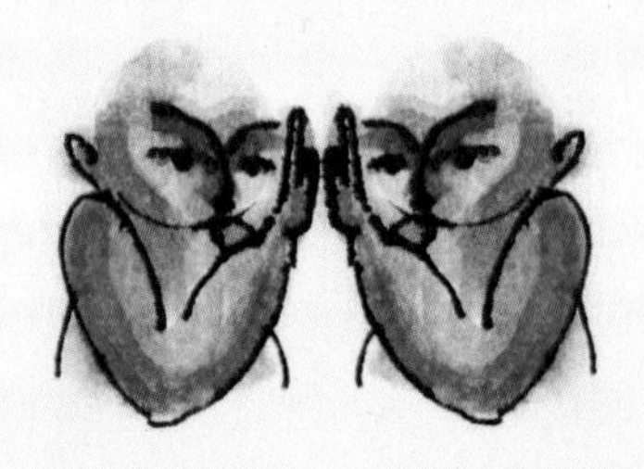

죽기 전에 비워야 할 것

흔히 노인들이 더 외로움을 탄다고 이야기한다. 한국의 노인 자살률이 세계에서 가장 높으니 그렇게 보일 수도 있다. 그러나 외로움이라는 감정은 노인이라 더 크다고 단정할 수는 없다. 오히려 문자 그대로 자식들에게 모든 것을 쏟아부었는데 이제는 홀로 남아 쭉정이 같은 인생을 살아내야 하니, 배신감, 혼란, 좌절감 등이 섞여 있어 외롭다고 하는 것이라 본다. 외로움을 못 견디고 짝이나 친구를 찾아 헤매는 것은 사실 피 끓는 청년들의 몫인 것이 정상이다.

하지만 현대의 젊은이들이 외로움을 이길 장치를 많이 갖고 있는 데 반해 노인들의 가장 좋은 친구는 텔레비전이 대부분이다. 물론 유튜브, 카톡에 빠진 노인들의 숫자가 점점 늘어나고 있지만, 콘텐츠가 의심스러운 경우가 많아 부작용도 만만치 않다. 젊은이들이 게임에 유튜브에 스마트 폰의 각종 SNS에 그리고 혼자 노는 놀이에 익숙하고 때론 더 즐겁기도 하니, 굳이 힘들게 다른 젊은이들과 시간을 보내지 않으려 하는 경우가 증가하는데, 더구나 노인과 함께 시간을 보내고 싶겠는가.

일부 얼리어댑터 노인들을 빼고는 대부분 젊은이들과는 달리 문화 생활이라고는 상상도 못하는 노인들이 많고 오로지 자식과 함께 하는 명절이나 제사만 기다리는 경우도 적지 않다. 설령 젊어서는 이런 저런 활동을 했다 해도 팔다리와 심폐기능이 좋지 않으니 어디 멀리 가는 것도 겁이 나서 자꾸 혼자 있게 되는 것이다.

그러나 추억도 많고, 혼자 있는 것이 익숙해 아무 것도 하지 않고 홀로 지내도 사실 아주 외롭지만은 않다. 고독하다고 반드시 외로운 것이 아니고, 외롭다고 해서 반드시 불행하고 무가치한 삶도 아니다.

죽기 전에 비워야 하는 것은 위장관뿐 아니라, 머리와 관계와 그리고 마지막으로는 이른바 뛰는 가슴에 대한 집착일 것이다.

할 얘기가 없는 이유

노인들을 만나면 건강 말고는 할 이야기가 없는 경우가 꽤 많다. 정치 이야기를 해봐야 세대 간 개인 간 시각이 다르니 서로 부딪칠 수 있고, 똑같은 생각을 갖고 있는 사람이 아니라면 본인의 성향을 이야기하지 않는 게 안전해 보인다. 종교 역시 함부로 상대방의 가치관이나 신념에 대해 간섭하고 판단하지 않는 게 예의다. 자녀에 대해서도 자칫 자랑 아니면 누워서 침 뱉기니 조심하게 된다.

실상, 부모보다 능력 있고 똑똑한 자식들은 부모를 찾을 시간도 없고, 돈은 보내줄지언정 부모를 좀 덜 찾는 경향이 있다. 반대로 좀 모자란 자식들은 혹시나 부모에게 도움이나 받을까 싶어 자주 들여다보게 된다. 물론, 그런 조건 따위는 따지지 않고 늙은 부모를 꼭꼭 챙기는 그야말로 선한 효자, 효녀들이 없다는 것은 아니다. 다만, 점점 줄어들고 있는 것은 부인할 수 없는 추세니까.

노인이 되면 이야기할 만한 익숙한 연예인, 스포츠맨들도 이미 은퇴하거나 사라진 경우가 대부분이니 공통의 주제를 찾기가 힘들다. 잘 보이지 않는 눈으로 새로운 책을 읽을 가능성도 별로 없으니 그야말로 대화 소재 빈곤.

그러니 같은 드라마, 예능 프로를 여러 번 반복해서 보고, 음식 얘기, 이웃의 누구 흉, 비슷한 사람들과 어제 한 이야기를 오늘도 내일도 반복하는 경우도 있다. 일종의 헤어날 수 없는 블랙홀 같은 정신의 진공상태다. 오히려 말을 하지 않는 강아지, 고양이와 사는 것이 그래서 행복에는 더 도움이 될 때도 있다. 어쩌면 노인이 된다는 것은 치매가 아니더라도 더 이상 힘주어 할 말이 없어지는 것일 수도 있다.

말을 놓고 잊어버리고 관계에서 벗어나고 언어로는 건드릴 수 없는, 생명을 가진 존재의 허망하고 유한한 본질, 결국엔 사라질, 허무의 심연을 먼저 정면으로 체험하는 것이 노년의 과제일지 모르겠다. 살아 생전, 그런 겉치레들도 못 버리면서 해탈, 부활을 꿈꾼다면 일차 방정식도 풀지 못하면서 고난도의 미적분을 풀겠다고 덤비는 것과 무에 다를 것인가.

자식에게 실망하지 않는 법

세상은 넓고 할 일도 많고 만날 사람도 널렸는데, 조선시대 집성촌에 살 듯 자식들에게 부모를 자주 찾으라고 강요하거나 꼭 곁에 두고 살고 싶다고 희망하지 말자. 자식들이 옆에 와서 살고 싶다면 그렇게 하고, 멀리 살고 싶다면 그렇게 하는 것이 옳다. 자녀의 인생을 끝까지 책임져줄 자세가 되어 있지 않다면 자녀도 남이니 함부로 이래라 저래라 할 권리가 없다. 물론 부모의 입장에서는 그래도 젊은 자식들이 와서 눈 어두워 못하는 기계도 만져주고, 맛난 밥도 해주고, 구석구석 손 안 가고 힘 부치는 곳 청소도 해주길 바라게 될 수는 있다. 누군들 안 그러겠는가?

다만, 자식들 덕을 조금이라도 보기 위해서는 혹시 마음에 들지 않아도 무조건 고맙다, 잘했다, 칭찬을 듬뿍 해야 한다. 이래도 원망, 저래도 원망하는 것이 자식된 이들의 본성이고 권리다. 세상의 모든 부모는 완전하지 않으니까. 그러니 버리고 떠나지 않는 것만 해도 어딘가. 기껏 부모에게 효도랍시고 열심히 했는데, 여전히 과거처럼 잔소리하고 평가하고 비난하고 심지어는 이제는 독립된 성인 자녀에게 야단까지 치려고 든다면, 부모에게 뭔가를 해주고 싶은 생각도, 자주 만나고 싶은 생각도 사그러들 수 있다.

그러니 아무리 자신이 경험 많고 일에 익숙하다고 생각하더라도 참자. 아직 일에 서툰 것은 그만큼 젊은이들이 여러 잠재적 능력이 많다는 뜻이다. 어설피 뭔가를 가르치려고 들기 보다는 그들이 시행착오를 통해 스스로 깨닫도록 기다려주어야 한다. 특히 이미 많은 사람들이 알고 있는 금과옥조지만 "나 때는 말이야." 라는 말은 금기다. 사람의 왜곡된 기억은 절대 믿을 바가 되지 못한다.

아마 21세기 대부분의 선진국 노인들은 "꽤 오래 전부터 자식들에게 하고 싶은 말을 하는 건 일찌감치 접었어."라고 이야기할 것이다. 어차피 똑똑하고 능력있고 좋은 시절에 사는 젊은이들이 못살고 힘든 시절을 산, 한때는 무능했던 노인들 이야기를 듣지 않을 것을 아니까.

그건 그렇고, 젊은 자식 중에는 혹시라도 부모들에게 이렇게 살아라, 저렇게 살아라, 이걸 입어라, 저걸 먹어라 하고 강요하는 경우는 없을까? 그것 역시 꼴사나운 일이 될 수 있다. 부모가 걱정이 된다면, 그저 행동으로 보여줄 일이다. 부모가 필요해 보이는 것을 자신이 끝까지 해줄 자세가 되어 있지 않다면, 이래라 저래라 간섭할 권리가 성인 자녀들에게는 없다.

부모 자식들이여, 서로의 인생에 간섭하지 말고 제발 서로의 차이를 존중하자. 그리고 혹시라도 누군가가 친절을 베풀고 있다면, 마음에 없더라도 감사의 말을 해주면 된다. 그러나 혹시라도 그런 감사의 말을 자신은 듣지 못할 가능성이 더 많을 수 있다.

인생에 실망하지 않기 위해서는 상대방을 조정하려 하지 말고, 스스로의 마음을 닦을 일이다. 기대하지 말고, 혹시 내 후의에 대한 반응이 시원치 않다 하더라도 자신이 하고 싶은 만큼, 할 수 있는 만큼만 서로에게 친절을 베풀고 해준 바는 잊어버리는 것이 내 정신 건강에 훨씬 좋다.

부모 자식들이여,

서로의 인생에 간섭하지 말고

제발 서로의 차이를 존중하자. 그리고 혹시라도

누군가가 친절을 베풀고 있다면,

마음에 없더라도

감사의 말을 해주면 된다.

노인의 체력은 어디에서 오는가

대부분의 젊은이들은 끊임없이 새롭게 무언가를 도모하고 만들어나가려 한다. 새로운 일을 시작할 때면 위험도 있고 불안도 있지만, 그런 가능성에도 불구하고 새로운 것을 탐구하고 감당 못할 일을 저지르려는 행동은 계속된다. 짐승들도 성숙하기 전의 행동이 거의 다 똑같다. 새끼들은 위험한 곳으로 가서 다치기도 하고 죽기도 한다. 그래서 어미들은 노심초사 새끼들을 보호하기 위해 애쓴다. 반대로 늙으면 활동량이 줄어들면서 점점 더 꼼짝하지 않는다. 집에 강아지나 고양이를 키워 본 사람이라면 아마 잘 알 것이다. 사람도 짐승이니 나이 들면 움직이지 않으려 하는 것이 이상할 일은 아니다.

한데 인간은 짐승과 달리 상상, 상징, 사고를 할 수 있는 의식을 가지고 있으니 몸이 마비가 되어도 생각의 바퀴가 제어되지 않고 달리는 게 문제다. 반대로 언어로 마비를 극복하고 뭔가를 할 수 있기도 한다.

다른 짐승과 달리 인간은 늙어도 정신적으로는 뭔가 새로운 세계를 탐험할 수 있다는 뜻이다. 게다가 기계문명이 발달한 요즘엔, 노인들이 여러 가지 도움을 받아가며 씩씩하게 살아간다. 전동 휠체어를 타고 젊은이들보다 빠르게 보도를 달려나가는 노인들, 비싼 오토바이를 타고 스피드를 즐기는 노인들을 보면 그들 안의 젊은 역동성이 전해진다. 고산병을 이기기 위해 비아그라를 먹어가며 히말라야로, 안나푸르나로 가는 나이든 등산가들. 80, 90이 넘는 나이에도 모델이 되어 무대를 누비는 시니어 모델들. 70대에도 운동을 꾸준히 해서 엄청난 근육을 자랑하는 노인들, 또 한편으로는 평생 문맹으로 글을 읽지 못하고 있다가 시를 쓰고 책을 내는 노인들, 그림을 그려 SNS를 통해 유명세를 타는 노인들…. 그런가 하면 평범하지만 유튜브의 주인공이 되어 종횡무진 세상살이에 대해 비평의 목소리를 내는 노인들의 존재는 때론 감동이고 때론 그 노력의 뒷모습이 상상되어 먹먹해지기도 한다.

"누워서 스마트폰으로 게임이나 만화만 보고 기껏해야 카톡이나 하는 젊은이들보다 나는 훨씬 더 젊고 창조적으로 인생을 살아!"라고 자부심을 느끼며 살 수도 있을 것 같다. 엄청난 삶의 에너지가 부러울 따름이다. 노화도 사회적 고립도 헤쳐나가겠다는 그들의 에너지를 누가 이길까 싶기도 하다. 20세기의 기아, 전쟁, 독재 같은 격랑을 넘어 끝까지 생존한 슈퍼 유전자들을 가진 노인들이기 때문에 가능한 이야기일까. 곱게 자라, 편안함에 익숙한 젊은이들에 비해 마음의 힘뿐 아니라 체력 역시 더 셀지도 모르겠다. 끊임없이 움직이지 않으면 그야말로 밥을 굶고 목숨을 부지할 수 없는 상황에서도 살아남은 사람들이니 말이다. 시간이 나면 주로 혼자 누워 지내는 시간이 상대적으로 많은 현재의 젊은이들은 상상할 수 없는 회복력을 체득했을 수 있다.

그래서 그런지 지금의 젊은이들을 보면, 그들이 노인이 되었을 때 그 어떤 영양가 있는 음식과 약물이 그들의 건강과 에너지를 유지해줄 수 있을지 궁금하다. 요즘 재활의학과에 가면, 누워 치료를 받는 젊은이들이 노인들보다 더 많고, 과거에 비해 체형은 커졌으나 체력은 떨어지고 있다는 보고들이 나온다. 벌써부터 지치고 아프고 의욕 없는 젊은이를 건강한 노인들이 돌보고 책임지고 있는 집은 또 얼마나 많은가.

우리의 목표는 성공적인 이별

부모들이 나이 들수록 자식 자랑을 덜하게 되는 것은 자연스럽고 바람직한 일이다. 갓 태어난 아이들은 참으로 많은 가능성을 갖고 있는 희망의 존재다. 하지만 아이가 한 해 두 해 세월이 흘러가면서 부모들은 자신들의 기대가 얼마나 비현실적이었나 깨닫게 된다. 미운 일곱 살, 중2병, 고3 후유증, 늦은 사춘기 등 여러 가지 단어들이 있지만 결국 요약하면 부모들이 원하는 대로 움직여주지 않는다는 얘기다. 유학이다 입대다 취직이다 결혼이다 이런저런 헤어짐의 계기들도 다양하게 많다. 그때마다 이별의 아픔, 자식들에 대한 그리움, 심하면 배신감 등으로 힘든 경우도 많지만, 결국 바람직한 독립의 방향으로 나아가는 것이니 견뎌내야 한다.

대부분, 어른이 된 자녀들만 둔 진짜 노인들은 이미 다양한 모양의 실망과 이별을 다양하게 겪었을 것이다. 자녀들과의 이별은 결국 싫든 좋든 감당하고 수용해야 하며, 그저 자녀들과의 추억만 감사하게 생각하고 마음의 평화를 찾는 것이 더 현실적인 해결방법이라는 것을 조금씩 깨달아가는 세대다.

부모들 입장에서야 아직 부모만큼의 경험과 성취를 하지 못하는 자녀들이 성에 차지 않거나 안쓰러운 것이 당연하니, 자신을 찾아오는 자녀든 아예 떠난 자녀든, 못마땅하거나 걱정될 수 있다. 그러나 이제 내 손을 떠난 자식들에 대해 걱정한들, 꾸중한들, 소용이 없다는 것도 경험상 결국 절감하게 된다.

그렇다면 그냥 "내 인생에 자식 같은 것은 없다!"라고 깐깐하게 외로운 노인의 자세만 유지해야 할까? 꼭 그렇지는 않다. 일단 내 자식이 실은 내 자식이 아니라 이웃집 혹은 멀리 사는, 나보다는 젊은 사람들이라고 생각하자. 오면 좋고 가도 좋은 무소유의 태도가 가장 현실적인 대안이다. 이웃집 처녀총각이 생각지도 않았는데 가끔 나를 들여봐주고 같이 밥도 먹어 주고 명절도 보낸다면 얼마나 고맙겠는가? 또 멀리 사는 해외 교포가 비행기값을 들여서 명절이라고 나를 찾아와 며칠씩 내 집에 머문다면 얼마나 감동이겠는가? 어쩜 그 젊은이들로부터 진한 우애를 느끼지 않겠는가? 반대로 자식에게는 투자한 게 많으니, 뭔가 그들로부터 받을 게 많을 것 같은 생각이 드니 서운한 것이다. 완벽하게 자유로운 부모는 없다.

그러니 자식을 자식이라 생각 않고 남이라 생각하는 것도 연습이 필요하다. 그래야 그들이 고맙게 여겨져 내 건강에 도움이 된다. 자녀들에게 들인 돈이 얼마인데 그럴 수 있냐고? 상담하러 오는 많은 자녀들은, "내가 언제 학원 보내 달라고 했냐", "대학교 원래 갈 생각도 없다.", "강요해 놓고, 내 책임이라 떠넘긴다." 하는 말들을 한다. 엄밀히 따지고 보면 자식들이 원해서 이 세상에 나온 적 없고, 그들이 정말로 원하는 교육을 선택해서 받았던 것도 아니다. 한걸음 더 나아가 그들이 원해서 내 자식이 된 게 아니라, 재벌도 권력자도 아닌 부모 때문에 흙수저라고 은근 원망하고 있을지도 모른다. 내가 얼떨결에 부모가 되었듯, 성인 자녀들도 준비되지 않은 상황에서 얼떨결에 늙은 부모의 자녀가 된 것뿐이다.

그저 험한 세상에 나와 외롭고 힘든 내가 삶을 포기하지 않도록, 재롱도 떨어주고, 말도 안 되는 말을 해도 복종해주었고, 참 나쁘고 미숙한 부모였던 나를 사랑해준 것이다. 그리고 마지막 내가 가는 길에 적어도 상주는 되어 주지 않겠는가. 자녀들이 어쩌면 앞으로 늙은 나 때문에 꽤 많은 책임을 지게 될 가능성도 높으니, 지금까지 들인 돈은 앞으로 질 빚을 미리 갚은 것이라 생각하고 다 잊을 일이다.

다만, 이웃집 젊은이들에게 쓸데없는 돈을 주면 이상한 의심도 받고 또 부담된다고 관계가 서먹해지는 것처럼, 내 자식들에게도 가능한 더 늙을 때를 대비해, 주어도 완전히 잊어버릴 정도의 돈만 주는 것이 바람직하지 않을까. 취미라도 하나 더 만들고, 내 몸이나 잘 챙기는 것을, 대부분의 자녀들이 실은 더 바랄 수도 있다. 어차피 자녀들이 내가 아플 때 대신 아파줄 수 없는 것이고, 자녀들 역시 100세까지 사는 부모들의 노후가 무서우니까.

어떤 관계든 그 목표는 성공적인 이별이라고 생각한다. 죽어서 어쩔 수 없이 하게 되는 이별을 위해 살아 생전 주체적으로 멋지게 이별하는 연습을 하는 것도, 그들 역시 늙고 죽을 운명인지라 자녀들을 제대로 성숙하게 만드는 가치 있는 유산이다. 젊어서는 어떻게 사느냐에 대한 모범을 별로 보이지 못하고 위인이 되지 못한 평범한 부모들로서는 어떻게 늙고 죽느냐에 대한 모범을 보이는 것이라도 열심히 하려고 노력해야 하지 않을까.

노년의 목표

'내 나이가 어때서' 하고 소리 높여 노래 부르듯, 자신의 나이를 애써 부정하고 젊은 사람들 흉내를 내려는 노인들이 있다. 심지어는 죽을 운명까지 부정하고 싶어 한다. 아아, 자신의 죽음을 절대 생각하지 않는 삶은 자기가 언제 죽을지 상상하지 않는 짐승의 삶과 뭐가 다르겠는가.

심지어 자신의 생체 나이는 이십 년 젊은 것이니 자신의 공적인 연령을 정정해달라고 소송을 낸 서양인도 있다는 뉴스를 본 적이 있다. 참으로 슬픈 일이다. 참으로 당신의 나이가 어때서, 그렇게 나이를 부정하고 싶은가? 삶의 연장인 죽음을 부정하고 물질적인 시간 연장만 희망한다면, 과연 삶의 가치를 어디서 찾고 있는 것인가.

나이는 먹었지만 마음은 언제나 청춘이라는 사람 중에는 (물론 그렇지 않은 경우도 있지만) 영원히 나이 먹지 않는 아이(Eternal Child) 콤플렉스를 앓고 있는 이들이 있다. 일에 책임지지 않고, 누구도 돌보려 하지 않고, 결과야 어찌 되었든 오로지 자신이 하고 싶은 일만 하고 살면서, 주변을 돌보지 않고, 자신이 죽은 다음을 계획하지 않는 노인은 이미 그 영혼이 죽은 좀비가 아닐까.

사람이 아름다운 것은 팽팽한 피부와 잘생긴 외모와 걸출한 신체 능력이 아니라, 그동안 성실하게 살아온 삶의 이력과 주변 사람을 돌볼 수 있는 사랑, 약한 자를 배려하고 받드는 겸손과 희생정신이라고 생각한다. '내 나이가 어때서?'라며 열심히 주변 사람에게 봉사하고 좀 더 신중하게 자신을 돌아보고 매일 새롭게 나아가려 한다면 정말로 아름다운 사람일 것이다. 반대로 '내 나이가 어때서?'라고 일탈을 밥 먹듯 한다면 어쩌면 하나밖에 없는 자신의 일생을 낭비하고 있는 게 아닐까 생각한다. 일탈과 방종의 끝이 얼마나 허무한지 일찌감치 깨닫는 사람의 인생과 달리, 끝내 자신이 어떤 인생을 사는지 알지 못한 채 철없는 노년을 쉼 없이 달리는 경우를 가끔 본다. 그들의 삶을 추억하는 사람들은 대부분 "참 몹쓸 늙은이."라고 내뱉게 된다. 그렇게 기억되는 것이 과연 당신이 정한 노년의 목표인가.

돌봄 노동 앞에 서 있다면

'이제 노인이 되었으니 누군가를 돌보는 노동은 끝일 수 있겠다.'라고 보통 생각하겠지만 의학의 발전은 노년에게 예상치 못한 저주의 시간을 선사한다. 노노老老 간병, 즉 노인인데 자신보다 더 늙거나 질병 혹은 장애를 갖고 있는 이들을 돌보아야 하는 처지가 되는 것. 21세기 젊은이들은 효도 이데올로기로 손 많이 가는 노인들을 돌볼 리 없고, 돈이 많다고 해도 가족들이 해야 할 몫이 있기 때문에 늙어서 예상치 못하게 돌봄 노동이라는 폭탄을 만나게 되는 경우가 생기는 것이다.

혹 그런 처지라면 지켜야 할 수칙들 있다. 시부모님과 삼십 년 가까이 살아본 사람이 뼛속 깊이 경험해서 하는 말이다.

하나, 도움을 청할 수 있는 곳에 도움을 꼭 청할 것.

둘, 뭐든 다 할 수 있다면서 슈퍼맨이 되지 말 것.

셋, 할 수 없는 일은 손대지 말 것.

넷, 질병에 대한 저항력을 키울 것. (정신건강 포함)

다섯, 긴 병에 효자 없고, 나도 그중 하나일 뿐임을 기억할 것.

오로지 내가 할 일

죽기 전에 후회하지 않는 사람 없고, 돌이켜보면 억울한 부분 없는 사람도 없다. 그러나 그 모든 것에 여전히 분노하고 눈을 부릅뜨고 자신을 포함해 그 누구도 용서하지 못해 무거운 마음으로 생을 마감할 것인지, 아니면 그 모든 것들이 내 집착과 무지에서 나온 것인 줄 깨달으려 노력하고 행복한 왕의 언어로 말하고 마음을 살피는 것, 즉 체념의 경지로 갈 것인지는 오로지 내 몫이다.

결국 작은 자아, 본능과 사회에 사로잡힌 콤플렉스를 버리고, 우주와 합일하는 것이 진정한 의미의 자기실현이고 개성화이다. 하지만 개성화는 명상이나 참선 기도 같은 비세속적인 것으로만 성취되는 것이 아니라, 소소한 일상에서 이루기가 더 어려운 법이다.

현실에서 지혜롭기가 산속에서 지혜롭기보다 훨씬 더 어려운 것이니 매 순간, 어떤 장소에 가서든 자신과의 끈을 놓지 말고, 주변에 휘둘리지 말아야 할 일이다.

결국 모두 신이 된다

프랑스의 작가이자 철학자인 시몬 드 보부아르의 《노년》은 참 공들여 쓴 책이지만, 곳곳에서 보부아르의 노년과 죽음에 대해 혐오하는 태도, 불안해하는 태도, 무서워하는 태도, 부정하는 태도가 보인다. 현대 유럽 지식인들의 보편적인 모습이다. 늙어서도 창조적인 행동을 할 수 있다는 가능성을 탐색하고, 늙어서도 무언가에 대한 열정이 식지 않는 비법을 궁리하고, 늙어서도 관계들이 살아 있음을 확인하고 싶어 하지만. 그에게 늙음과 죽음은 젊음과 삶의 반대말에 불과한 것 같다.

합리성을 강조하는 근대 이후의 서양인들에게 삶과 죽음은 철저히 이분법이다. 아니, 고대로부터 조로아스터교에 부분적으로는 뿌리를 둔 유대교, 그리스도, 무슬림들은 모두 선악이 철저히 구분되듯이 삶과 죽음을 완전히 다른 것으로 간주한다.

샤머니즘으로 모든 종교를 포용하는 한국인들이 지닌 전통적인 정신은 많이 달랐다. 샤머니즘의 세계에서 신들은 이승과 저승을 옆집 드나들 듯 다닌다. 선한 신도, 악한 신도 별로 구별되지 않는다. 그들에게 선악이나 피안의 경계는 의미가 없다. 그저 훠이훠이 옮겨 다니며 살다 죽다가 살다가 죽다가 한다. 때론 악한 사람이 선하게 되고, 선한 사람이 악하게 굴기도 한다.

그래도 결국엔 모두 신이 된다. 그야말로 삶과 죽음이 여기 함께 있으니, 죽는다고 그리 서러울 것도 절망적일 것도 없다. 우리는 자연의 한 부분이므로 얼마든지 다른 형태로 또 태어날 수 있기 때문이다. 조상님들은 때로 담벼락을 기어 넘는 구렁이로 태어나기도 하고, 주인한테 사랑도 하고 구박도 받으며 마루 밑에서 조는 개나 고양이로 환생한다. 그러니 사람은 더 귀하고, 짐승은 천하다고 할 수도 없다. 생명 가진 모든 존재가 다 귀하고, 심지어는 그 생명을 뒷받침해주는 무생물들마저 귀하디 귀한 존재다. 우주 삼라만상이 살아 있으며 동시에 죽기에 존재하는 것이니, 그 둘을 굳이 분별해서 다른 것이라 고집하는 태도는 얼마나 어리석고 편협한가.

모두를 자유롭게 하는 것

급사나 사고사는 지인과 가족에게는 끔찍한 일이지만, 본인들에게는 여러 가지로 좋은 면이 많다. 우선 죽음에 이르기까지 비용이 상대적으로 조금 든다. 예부터 노인들은 자다가 죽을 수 있다면 정말 죽음 복이 있는 것이라고 말했다. 또 죽음의 어려운 과정 중 하나인 질병과 통증을 아주 짧게 경험하니 행운이라고 할 수도 있다. 다만, 준비와 정리가 안 된 죽음이라면 남은 사람들에게 유산 분배 혹은 쓰레기 같은 짐 정리, 빚 잔치 등의 숙제를 안겨 주는 것이니, 나이가 들면 언제든 급사할 수 있음에 대비해 준비해놓는 것이 필요해 보인다.

반대로 어린 아이들의 급성 호흡기 증후군이나 10대, 20대의 돌연사는 정말 안타깝다. 그러나 어떤 신심 깊은 사람들은 하느님이 너무 사랑하시기 때문에 일찍 데려가는 것이라 했다. 갓 태어난 아이들을 보면 정말 그렇다. 천사들이 자라면서 속이고 감추는 것, 다른 사람 것을 빼앗는 것 등의 악한 짓을 하게 되니 더 죄 짓기 전에 데려가신다는 주장이 그럴 듯하다. 그래서 나이가 들어서도 죽지 않고 있다면, '하느님이 천국으로 데려가기 싫어서 끝내 죽음 복을 주시지 않는가.'라고 물어봐야 할 것 같다. 죄 지은 것이 많아서, 갚을 빚이 이 세상에 남아서, 죽지 않는지도 모른다. 그런데 대부분은 나이 들면서 복을 더 지을 생각은 안 하고 기왕에 지은 복도 깎아 먹는 짓을 하게 된다. 늙을수록 판단력이 흐려지고 더 초조해서 그럴 수 있다.

똑같은 급사와 사고사라도 집에서 죽으면 축복일 수 있지만, 낯선 장소에서 죽게 되면 문제가 복잡해진다. 그래서 아마 예전 노인들뿐 아니라 젊은 사람들도 가족에게 둘러싸여 편안한 환경에서 죽음을 맞고 싶을 것이다.

모든 사람들은 아플 때일수록 낯선 공간이 싫고 불편하다. 병원에 입원한 사람들이 까칠해지는 이유다. 하지만, 요즘에는 대부분 사람들이 병원에서 죽게 되니 과거식으로 말하자면, 객사일 수도 있다. 죽는 사람 입장에서야 집에서 죽는 게 편할지 몰라도 가족들의 입장에서는 죽어가는 과정의 기억을 그대로 담은 사람의 침상과 방을 보는 것이 어렵다. 만약 죽음의 과정에서 나온 배설물과 피 같은 것들이 계속 된다면 더욱 그렇다. 혹시 자살을 했다면 자살한 시체를 본 가족들에게도 큰 정신적 외상이 생기고, 가족들은 마치 범죄자인 것처럼 조사를 받아야 한다.

자연사를 해도, 집에서 죽으면 경찰과 검시관들이 들이닥친다. 마치 범죄의 현장과 똑같은 절차를 거친다. 때론 부검도 해야 할 수 있으니 가족 입장에서는 많이 아프고, 번거롭다. 그러니 웬만하면 집에서 죽지 않고 병원에서 죽는 것이 남아 있는 사람들에게는 여러 면으로 편하다. 병원이 아니라 집에서 죽고 싶다는 이들의 희망이 과연 최선인지 물어보게 되는 측면이다. 살아남은 사람들이 죽은 사람에 대한 기억을 너무 오랫동안 껴안고 건강한 삶에 방해를 받는 것을 먼저 가는 부모나 조부모들이 원하는 것이 아닐 수도 있다.

사랑은 오래 지니고 품는 것만이 아니라, 모두를 자유롭게 하는 것이다. 그러니 자손들은 기일 같은 것 챙기지 말고, 제사 같은 것 당연히 지내지 말고, 나에 대한 기억 역시 깃털처럼 가볍게 날려 버리고, 자신의 삶에 충실하고 행복하면 되는 것이다.

사랑은 오래 지니고 품는 것만이 아니라,

모두를 자유롭게 하는 것이다.

그러니

자손들은 기일 같은 것 챙기지 말고,

제사 같은 것 당연히 지내지 말고,

나에 대한 기억 역시 깃털처럼 가볍게 날려 버리고,

자신의 삶에 충실하고 행복하면 된 것이다.

최후의 여행

말기 암 환자들에게 보호자나 의사들은 더 이상 해줄 수 있는 게 없고 떠나는 사람과 달리 살아남는 것에 대한 미안함, 죄의식 때문에 병상을 피하고 진실을 알려주지 않으려 한다. 그러나 대부분의 말기 암 환자들은 의식적으로나 무의식적으로 자신이 결국 죽게 될 것임을 안다. 현대 의학이 예수 부활을 약속하는 종교가 아닌 사실도 충분히 안다. 그리고 의사나 보호자들이 최선을 다했다는 점 때문에 고마워하는 사람들이 대부분이다.

죽음을 앞둔 환자들이 원하는 것은 꼭 무엇을 해주는 것이 아니라, 그저 가끔 옆에 있어 주어 자신의 이야기를 들어주는 것이다. 마치 긴 여행을 떠나기 전, 가족들이 모여 송별 파티를 해주고, 같이 저녁을 먹으며 여행을 축하해주고, 두런두런 대화를 나누는 것과 같다. 모르는 길을 가게 되니 불안한 감정을 대화로라도 풀어나갈 기회가 있다면 감사하고 행복해한 것이다.

죽음 직전의 가족 모임도 그러해야 한다. 헤어지는 것은 서운하지만, 우리가 결국 모두 가야 할 길이기 때문에 정말로 헤어질지, 어쩔지는 아무도 모른다. 여행의 과정 중 어떤 일이 일어날지 아무리 준비해도 예측하기 힘든 것과 마찬가지다. 적지 않은 이들이 떠나는 이들에게 먼저 가서 길 닦아 놓고 내 자리도 좀 준비해달라고 이야기한다.

죽음이란 여행은 알 수 없으니 무섭지만, 알 수 없기 때문에 더 스릴 있고, 더 기대되고, 결국에는 모두 동참하는 알 수 없는 최후의 여행이다.

꼭 종교지도자가 아니더라도 무조건 죽음을 패배라는 논리로 볼 게 아니라, 환자들은 편안한 기대감으로 죽음 그 이후를 맞이할 수도 있다는 점을 의사와 가족들이 알아두면 좋을 것 같다.

노인들만의 나라가 되면

아프리카의 초원, 히말라야, 마추픽추, 유럽의 고성… 특이하고 귀한 경험을 하는 시대지만, 과거에는 참으로 평범했던 삶이 오히려 누리기 힘든 남의 일이 되어 버렸다.

한집에 사는 손주, 손녀의 울음과 웃음소리를 듣는 것, 명절이 되면 수십 명의 친척들이 지지고 볶고 다투면서도 반가워하는 즐거움을 맘 편히 누릴 수 있는 노인들을 한반도에서 이제 거의 찾아보기 힘들게 되었다. 명절만 되면 명절 스트레스와 이혼을 외치는 젊은이들의 목소리가 온라인, 오프라인에서 차고 넘친다. 먹지도 않는 전을 부쳐야 하는 일, 남자들은 앉아서 음식만 받아먹는데, 여자들은 밥상 차리느라 정신없다는 이야기, 언제 결혼하느냐, 언제 아이 낳느냐, 언제 취직하느냐 같은 사생활에 코를 들이대며 취조하는 어른들에 대한 성토, 막힌 길을 운전하느라 마누라와 아이들 등살에 미칠 뻔했다는 토로 등 젊은이들에게 명절은 이제 행복한 시간이 더는 아닌 듯하다.

그래서 차라리 노인들이 젊은 부부의 집으로 가보기도 하지만 가시방석이다. 젊은이들의 사적인 공간을 침범한 외계인 취급당할까 봐 전전긍긍, 음식이 썩어가는 지저분한 냉장고, 먼지가 가득한 구석구석, 잔소리하고 싶어도 꾹 참아야 한다. 그런 이야기했다가는 자칫 의만 상하기 십상이기 때문이다.

그럼에도 자녀들과 조금이라도 함께 시간을 보내기 위해 만날 때마다 돈을 준다는 부자 노인들도 있다. 아. 돈으로 자녀에게 아부하고 있구나. 자조의 마음이 들지 않으면 다행이다. 부모에게 시달리는 것이 싫어서 외국으로 아예 떠나 버리는 젊은이들의 숫자가 늘면서 나도 질소냐 하고 떠나는 젊은 노인들이야 아쉬울 것 없다. 문제는 비행기는커녕 자동차 타고 어디 가는 것조차 겁이 나는 진짜 노인들이다.

자식 없이 평생 혼자 살아낸 신부나 수녀님 들이 어떤 면에서는 오히려 훨씬 낫다. 젊은 수도자들이 돌봐주는 노인 수도자들을 위한 요양 시설도 있고, 죽으면 거창하게 성당이나 절에서 장례도 지내준다. 그럼에도 신부, 수녀, 스님이 되겠다는 젊은

이들은 점점 줄어들면 줄어들었지, 늘어나는 것 같지 않다. 세속의 욕망을 끊는 것이 그만큼 어렵기 때문일까.

지금부터 삼십 년 후, 노인들만의 나라가 되면 장례식 절차는 지금보다 훨씬 더 간소화될 것이며, 스스로 장례 준비를 하는 노인들끼리 장례계라도 할 가능성이 아주 높을 것이다. 친구도 친지도 없이 마지막에 남는 노인들은 그래도 나라가 책임져 줄 터이니, 지금부터 혼자 될 것 걱정할 필요는 없을 것 같다.

무엇보다 좋은 일은 싱글 노인들이 넘쳐나 죽기 직전까지 로맨스를 꽃피울 가능성이 많다는 점이다. 불꽃같이 사랑하다 불꽃같이 죽는 것. 멋지지 않은가? 비록 성냥팔이 소녀의 성냥불보다도 못할지언정. 죽는 사람의 입장에서는 어서 빨리 죽었으면 하고 바라는 자녀들보다는 진심으로 자기의 죽음을 슬퍼하는 늙은 애인 곁에서 죽는 것이 더 영화 같아 보이긴 하다.

주관적 행복

'내 묘지에 뭐라 쓸까.'

젊어서 자주 생각했다. "죽어라 일하다 죽은 여자." 같은 구절이 자주 떠올랐다. 화장실 갈 시간도, 밥 먹을 시간도 없이 새벽부터 밤 열두 시 넘어서까지 병원 일과 집안일에 허덕이던 시간이었다.

도우미는 물건 훔쳐간다고 쓸 수 없고, 어차피 더러워질 집인데 청소는 왜 하냐는 시어머니와 같이 살면서 아이 업고 집안일까지 도맡아 하는 미련을 떠느라 일에 파묻혀 살 때 했던 생각이다. 밤새워 논문을 써도, 그 전날 환자 때문에 밤늦게까지 씨름을 해도, 새벽에 아침밥을 준비하지 않으면 시어머니 불호령이 떨어졌다. 죽어라 일하다 죽은 여자라는 묘비명은, 그러니까 일종의 자조인 셈이다.

하지만 시어머니가 훈련해주신 덕분에 미국 가서 환자 보고, 분석심리학 연구소 학위 따고, 대학원에서 석사 받고, 사춘기 아들 둘 뒷바라지하는 것이 비교적 수월했다. 시도 때도 없이 모이는 친지들, 1년 12번 하는 제사 음식 준비하는 것에 비하면 아들 둘 밥해 먹이는 것은 '누워서 떡 먹기'였다.

노동은 많이 하다 적게 하면 수월하지만, 적게 하다 많이 하게 되면 서럽고 힘들다. 내가 본 환자 중 60이 넘어 처음으로 부엌에 들어가면서 서럽고 또 서러워 몇 날 며칠을 울었다는 경우가 있었다. 부잣집 딸로 태어나 부자 남편 만나 평생을 편하게 살다가 부자 남편이 갑자기 경제적으로 어려워진 덕분에 스스로 밥하는 수고로움을 처음 겪었다는 것이다. 직장 다니면서도 365일 평생 밥을 해온 나로서는 어찌 보면 부러운 면도 있다.

그러나 그 사람 입장에서 생각해보면, 어려서 고생하다 늙어 편하게 사는 것이 성취감도 있고 좋지, 몸 좋은 젊어서는 편하게 살다 여기저기 망가진 늙은 몸으로 고생하는 팔자가 좋다고 느끼지는 않을 것 같다. 행복 연구자들이 입을 모아 주장하는 것 중 하나가 점점 조금씩 노력하고 개선되는 과정에서 느끼는 행복이 진짜 행복이라는 것이다. (그러나 요즘 세대는 먼저 행복한 게 낫다고 대답한다. 나중에 행복하리라는 보장이 없기 때문이다. 그만큼 미래에 대한 불안이 깊은 걸 게다.)

그런 의미에서 베이비부머 세대들은 참으로 행복한 세대다. 전후에 배고프고 서러운 생활이 조금씩 조금씩 개선이 되었기 때문이다. 반면 밀레니얼 세대, Z세대들은 부모들보다 잘살 수 있는 가능성이 많지 않다고 한다. 젊은이들이 분노하고 좌절하는 이유 중 하나일 것이다.

그런데 재미있는 것은, 여전히 허접하고 힘든 일들은 집 안이든 집 밖이든 50, 60대 이상들이 대부분 담당하고 있다는 것이다. 젊은 사람들 중에는 폼나고 질 좋은 일자리 아니면 아예 방 밖을 나가지 않거나, 실업 수당을 타며 사는 게 차라리 낫다고 하는 이들이 꽤 있다.

인생에 어떤 태도가 정답인지 어떻게 알겠는가. 지구 멸망의 시간이 얼마 남지 않았다고 환경보호자들은 지금도 열심히 외치고 있고, 한쪽에서는 북한이 곧 핵폭탄을 쓸 것처럼 툭하면 협박한다. 어쩌면 매 순간 아무 생각도 계획도 없이 사는 게 진정한 무위의 삶일까.

'아모르 파티'를 노래하며 이슬람 수피들의 명상 춤 같이 뱅뱅 도는 가수를 보면서, 그가 젊어서 어떤 방황을 했는지, 또 더 늙으면 어떤 인생을 살지, 분석해보는 것이 도대체 무슨 의미가 있나 싶다. 그저 우리는 그녀의 노래를 들으면 되는 것이고, 그녀는 노래를 열심히 하면 될 일이다.

그나저나 시어머니 돌아가신 후에는 집안일도 확 줄고, 아들 내외 손주랑 살면서 맘씨 좋고 올바른 도우미 아주머니의 도움을 받으며 사는 호사를 누리고 살게 되었다. 감사한 일이다. 어쩌면 젊어서도 비슷하게 시부모, 친정 부모 도움을 받고 살았지만, 불만 많던 내가 감사할 줄 몰랐을 수도 있다. 그러니 시어머니 탓을 할 게 아니라, 불만이 많았던 젊은 나를 탓하는 게 옳다고 해도 반박하기 힘들다.

언젠가 아이 키울 때 시부모가 도움 주지 않아서 정말 서러웠다고 말하는 친구를 만난 적이 있다. 그 친구가 나처럼 일요일도 빼놓지 않고 아침 7시 전에 일어나 시부모 아침상을 차려드리고 남편에게 생활비를 못 받아도 시부모에게는 생활비를 갖다 드리겠다는 제안을 했어도 시부모가 거절하셨을까 하는 생각을 했다. 어쩌면 시부모와 같이 살면서 밤 12시까지 미련하게 청소와 빨래를 하며 직장 다니는 삶 따위는 아예 상상조차 하지 못했을 것이다.

많은 사람들이 내게 밥은 할 줄 아냐고 물을 때마다 실소가 나온다. 손 하나 까닥 않고 아무 걱정 없이 바깥 일만 할 것이라고 대부분 짐작한다. 나 역시 남들의 진짜 마음고생, 몸 고생은 모르고 편하고 우아한 겉모습만 볼 수 있다. 결국 주관적인 행복을 따지자면 사람들은 거의 공평하게 불만과 만족감 사이를 왔다 갔다 할지 모른다.

구구팔팔칠칠의 진심

한때 '구구팔팔칠칠'이라는 말이 유행처럼 쓰였었다. 그 뜻은 "99세까지 팔팔하게 살다가 일주일만 아프다 가자."로 말하자면 노인들의 희망사항이다. 하지만, 이런 희망을 가지는 것이 정말 안전하고 괜찮은 걸까? 노인을 집에서 돌보았거나, 하다못해 노견이라도 키워본 사람이라면 아마 절레절레 고개를 흔들 것 같다. 강아지도 오래 살다 보면 치매에 걸리고, 눈도 멀고, 귀도 안 들리게 되는데, 그 뒷바라지가 보통이 아니다. 그나마 강아지는 말을 못하니, 이상한 소리를 해서 가족들의 마음을 긁어 놓치는 않을 것이다. 하지만 사람은 늙을수록 뇌에 탈이 생길 가능성이 많아지니, 할 말 못할 말 마구 해버려서 이른바 '정떼는' 과정을 거치게 되기 십상이다. 나만은 그러지 않을 거라고 아무리 다짐을 하고 결심을 해도 뇌에 생기는 병은 우리 의지로 낫는 것이 아니다. 그래서 흡연가들 중에는 너무 오래 살면 주변에 폐를 끼치는 것이니, 담배를 피고 빨리 죽겠다고 하는 사람도 있다. 폐암에 걸리면 원래의 수명이 훨씬 단축될 가능성이 높으니까. 암이나 박테리아성 전염병 같은 20세기의 병들이 많이 예방되고 치료되고 있는 반면에, 미세먼지나 황사 또는 코로나 바이러스, 사스, 메르스, 조류 바이러스 등 글로벌 감염과 환경오염이 큰 문제인데, 특히 노인들이 취약한 경우가 많다. 코로나 바이러스 역시 주로 노인들, 기저질환을 가진 이들을 더 강력하게 공격한다. 집단 면역을 주장하는 이들은 그 속에 어차피 죽을 사람, 빨리 죽는 게 낫다는 생각을 하고 있을 수도 있겠다. 팬데믹 중에는 일종의 전쟁과 유사하게 의료진과 자원이 부족한 상태에서 일단 살 수 있는 사람부터 살리게 되는 경우가 있다. 만약 내가 코로나로 누워 있고 자원이 부족하다면, 나 역시 나보다 젊고 건강한 사람에게 호흡기를 당연히 양보하고 싶다.

오래오래 고랑고랑 사는 것보다는 죽을 수 있을 때 빨리, 길게 고생 않고, 죽고 싶다는 것이 실은 꽤 많은 노인들의 소망이기도 하다. 평균 수명이 60을 간신히 넘겼을 시대에는 오륙십

대의 젊은 노년들에게도 노인 혹은 노파라는 이름을 쉽게 붙였다. 젊은 노인들이 죽고 싶다는 말은 거짓말일 수 있으나, 90대의 노인들이 이젠 지겹고 지루하고 힘들어 그만 살고 싶다는 말에는 진실이 거짓말보다 훨씬 더 많을 것 같다.

100세를 넘긴 구달 박사는 편안하고 좋은 마음으로 안락사를 택했을 것 같고, 100세 생일은 기분이 매우 나빴다는 미국의 영화배우 커크 더글라스의 마음도 진심이었을 것 같다. 아무리 팔팔하게 산다고 하더라도, 친구도 자식도 배우자도 다 떠나보내고 난 후 말도 통하지 않는 아이들(실제로 100세 노인에게는 80대도 인생을 모르는 아이가 아니겠는가.) 아닌 아이들 눈치를 보며 지내는 것이 얼마나 불편하겠는가.

밥상 차려주는 사람

노년이 되면 가장 큰 두려움 중 하나가 '쓸모없음'이다. 제아무리 좋은 직장이라도 일단 은퇴하면 남았던 사람 중에 찾고 반기는 후배들이 드물다. 물론 존경하고 좋아하는 면도 있지만, 그들 앞을 막고 걸리적거렸던 존재이기도 했으니까. 그런 부정적인 감정은 없어도 일단 직장을 그만둔 이들에 대한 남아 있는 이들의 관심은 빠르게 사라진다. 내 부모, 형제에게도 관심이 없는 세상인데, 동료나 스승에게 무슨 관심이 얼마나 가겠는가. 그러니 오로지 직장에만 모든 에너지를 다 쏟던 이들이 은퇴하고 나면, 일은 물론 사람 관계도 다 끊어지는 것 같아 그 허무함이 말할 수가 없다.

그렇다고 새삼스럽게 무언가를 시작하고 새 사람을 만나는 것도 쉽지가 않다. 젊을 때만큼 새로운 것을 배우고 익히는 것이 어렵기 때문이다. 그나마 주택관리사, 공인중개사 같은 자격증을 따고 일할 수 있는 노년은 큰 축복이다. 그만큼 머리와 몸이 움직인다는 증거니까. 대부분은 새로운 환경 자체가 스트레스라서 집 밖을 나가는 것이 겁나기도 한다. 이럴 때 스스로 밥 잘하는 할머니, 할아버지로 이름 붙이고 누군가에게 정성스러운 밥상을 차려주는 일을 즐겨 한다면 나름 노년은 축복이다. 꼭 자식에게만이 아니라 후원하는 고아들에게, 외로운 노인들에게, 노숙자들에게, 정신질환자들에게…. 나보다 처지가 못한 이들을 위해 음식을 준비하는 것만큼 숭고한 일은 없기 때문이다.

어려서 외할머니는 거지가 집을 두드려도 꼭 정갈한 밥상을 차려주었다는 이야기를 전설처럼 들었던 적이 있다. 내게 그런 외할머니는 성모 마리아나 관세음보살의 현신처럼 보였고, 지금까지도 평생의 롤모델로 간직하며 살고 있다. 무엇보다 밥을 하는 행위는 계획하고 실행하는 과정이 상당히 섬세하고 때론 복잡할 수 있다. 물론 젊어서부터 부엌이라고는 들어가지 않던 사람이 새삼스럽게 도마를 앞에 두고 칼을 들면 어쩔 줄 몰라 황망할 수는 있다. 하지만, 무언가를 다듬고, 썰고, 씻고, 무치는 행위들을 집중해서 하면 마치 참선하는 것처럼 마음을 비우는 데 도움이 된다. 또, 누군가 내가 해주는 음식을 깨끗이 먹고 감사해 한다면 성취감을 느끼고, 그 대상과 끈끈한 유대감을 갖게 되기도 한다. 누구든, 밥상 차려주는 사람에게는 빚을 지는 것이니까.

지금도 365일 부엌에는 빠짐없이 들어간다. 아파도 들어간다. 먹고 살아야 하니까. 정말 죽기 직전까지, 음식을 스스로 해 먹을 수 있을 정도로만 살 수 있다면 원이 없을 것 같다. 어쩌면 음식 차리기란 대소변 내보내는 것을 제외하고는 인간으로서 할 수 있는 최후의 창조적 행위이며 사실은 참 숭고한 일이 아닌가 싶다.

3부

그냥
벌레 같이만
되지 않으면
좋겠다

연애는 자유다

노년의 성도 존중해 달라고 하면서 새롭게 사랑을 찾는 이들이 많다. 아마도 호르몬 보충제를 먹고 있기 때문일 것이다. 폐경이 지나 에스트로겐이 감소하면 성생활에 관심이 없어지고, 질 벽이 건조해져서 오히려 통증만 느낄 가능성이 높다. 남성 역시 성호르몬이 떨어지면, 성욕이 감퇴하고 전립선 쪽에 문제가 생기고 혈관에 콜레스테롤이 잔뜩 끼면서 발기가 잘 유지되지 않는다.

몇 번에 걸쳐 낭패를 맛보게 되면 아예 성생활을 접는 노인들이 많은데, 전혀 잘못된 게 아니다. 괜히 의기소침해질 일이 아니다. 모든 것을 성과 연결시킨 프로이트 선생 덕에 마치 성생활이 세상 최고의 즐거움이자 의미로 생각하는 이들이 가끔 있는데, 그런 태도 때문에 오히려 자존심이 상하고 젊은 상대에게 상처받는 경우도 있다.

노년의 사랑은 성생활이 아닌 다른 많은 것들로 연대감을 더 편하게 느낄 수 있다는 점에서 오히려 안정되고 편안하다. 우정도 더 깊어질 수 있고, 같이 공유하는 추억을 나누느라 바쁠 수 있으니, 굳이 열심히 성생활을 하지 않아도 얼마든지 행복한 부부생활이 가능해 훨씬 효율적인 면도 있다.

물론 개중에는 늙어서까지 뜨거운 사랑을 하는 노익장들이 있다. 젊은 애인을 새로 만나 트로피처럼 앞세우는 능력 있는 노인, 또래 이성 친구를 새롭게 만나 황혼의 로맨스를 즐기는 경우를 비난하자는 뜻은 아니다. 세상의 사랑은 70억 인구만큼이나 다 다르다. 노인들이 젊은이들의 사랑을 비하하고 멸시하는 것이 비도덕적인 것처럼, 노년의 사랑을 비난한다면 그 역시 비윤리적이다. 도대체 다른 사람의 삶과 사랑을 함부로 재단할 수 있는 권리가 누구에게 있단 말인가.

문제는 뇌의 병 때문에 판단력이 떨어져 정말로 사기꾼 같은 상대에게 사랑이라는 이름으로 걸려들 수 있다는 것이다. "남자가 재산만 남기고 빨리 죽었으면 좋겠다."고 공공연하게 말하는 여성들이 10대부터 노년까지 다 걸쳐 있다고. 그 반대도 마찬가지다. 수백억대의 재산을 남편과 아버지로부터 물려

받은 60대 여성이 불과 몇 년 만에 젊은 남성들에게 꼬여 몽땅 날리는 경우도 본 적이 있다. 상대가 정말로 나를 사랑하는 것인지, 아니면 나의 재산을 사랑하는 것인지 제대로 들여다봐야 노년에 험한 꼴을 당하지 않는다.

프랑스의 작가이자 영화감독인 마르그리트 뒤라스는 말년에 수십 년 연하의 '얀'이란 동성애자와 함께 노년을 보냈다. 그녀의 마지막 일기 같은 《물질적 삶》을 읽다 보면 그 친구는 진심으로 뒤라스를 섬겼던 것 같다. 그녀가 알코올 중독으로 섬망 상태에 빠졌을 때도, 신경이 곤두서서 온갖 짜증을 다 냈을 때도 그를 견뎌주었던 것 같다. 정말로 그녀를 좋아했는지, 아니면 그녀가 죽고 난 후 혹시라도 저작권이나 재산 등을 넘겨주기를 바라고 했는지 그 마음 깊이 까지는 알 수가 없다. 어쨌건 말년의 뒤라스와 함께 보낸 시간은 젊은 얀에게 매우 고단한 시간으로 보이지만 남들은 알 수 없는 의미가 그래도 있었을까.

하지만 어떤 사랑이 완벽하게 순수할 수 있겠는가. 젊은 상대의 마음을 한편으로는 의심하면서도 끝까지 포기하지 못하는 노인들은 의도가 어쨌건 그 상대와 있으니 행복하기 때문에 많은 것을 퍼주면서 관계를 끊지 못할 것이다. 호랑이같이 매일 잔소리만 늘어 놓고, 절대로 칭찬은 하지 않는 원래의 배우자들보다는 적당한 거리감과 긴장을 유지하면서도 때로는 말도 되지 않는 칭찬과 헌사를 적절하게 잘 보내주는 새 애인이 훨씬 더 매력적일 수도 있다.

젊어서부터 연애의 모험을 즐기던 사람 중에는 노년이 되어도 그 모험심을 버리지 못하는, 영원한 젊은이 혹은 아이가 있다. 죽을 때까지 쓸 수 있는 돈도 있고, 특별히 자식들에게 많은 것을 남겨줄 마음도 없고, 내가 죽은 후 사람들이 남길 참 훌륭하신 분이라는 판에 박힌 헌사 같은 것에 관심이 없다면, 죽기 전날 까지 자유로운 연애를 누구와 하든 누가 뭐라 하겠는가. 그들의 자유다.

다만, 이상한 상대에게 걸려 빨리 죽었으면 하는 마음으로 하대를 당하거나 독기 어린 저주를 매일 퍼붓지 않는다는 보장이 있어야 한다. 첩으로 평생 살던 이웃집 아주머니가 남편이 중풍에 걸리자 온 재산을 정리하고 자녀들과 외국으로 떠났다는 소식을 들었던 적이 있다. 그 아저씨의 요양병원 비용은 본부인이 다 부담했다든가. 그리 좋은 병원은 그나마 아니었는지, 아니면 사랑에 배신당한 것이 기가 막혀서인지 그 아저씨는 입원한 후 곧 돌아가셨다는 후일담도 전해진다. 그분의 죽음은 본부인에게나 첩에게나 반가운 소식이었을 수 있겠다.

마지막 코미디

나의 허황된 꿈 중 하나는 의사 일을 그만둔 후 스탠드업 코미디언이 되는 것이었다. 허무한 아재 개그에도 웃어주는 다른 이들의 친절함을 순진하게 오해한 탓이다. 솔직히 이제는 더 이상 그런 배려에 혹시라도 희망을 가질 나이는 아니라, 그다지 웃길 재주가 없다는 것을 잘 안다. 실현될 가능성은 제로인 그야말로 판타지일 뿐이다. 아무에게도 상처 주지 않고, 아무도 불편하지 않게 하면서 웃기는 일이 얼마나 어려운 일인가. 그럼에도 상처받았을 때, 외로웠을 때 내게 도움이 되어 준 많은 농담책 들. 코미디 프로그램과 개그맨들에게 존경심을 느낀다.

따지고 보면 살면서 견딜 힘을 주는 이들은 어쩌면 자기 역할 잘해내는 연예인들이었던 것 같다. 정치인이나 유명 강사 혹은 학자들이 우리에게 실현되지 못할 꿈을 주거나, 아니면 반대로 도움 되지 않는 냉소만 심어 준다. 그러니 아직도 특정 지도자에 열광하는 무수한 대중들의 마음이 잘 공감이 되지 않는다. 소위 권력자, 식자, 경제인들은 우리가 살아가기 위한 필요악이 아닐까 하는 생각도 든다. 따지고 보면 그들이 우리에게 행복을 주리라는 기대 자체가 매우 순진한 것일 뿐이다.

젊어서는 화나거나 답답할 때 개그 프로보다는 공포물을 봤다. 여유 있게 웃을 수 없을 정도로 화가 많이 나 있었던 것 같다. 잔인하고 무서운 장면에 몰입하다 보면 나를 사로잡고 있는 근심, 걱정, 불안… 모든 것에서 좀 자유로운 듯 착각할 수 있기 때문이었을까. 내 안에 숨은 잔인함, 어두움을 영화의 주인공이 대신 구체화해주었을지도. 폭력과 죽음은 나와는 상관없는 먼 것이라는 편한 생각 때문이었을까. 하지만, 나이가 들어서는 피가 나오거나 사람이 죽거나 누군가에게 쫓기는 장면을 견디지 못한다. 실제로 심장이 멈출 것 같은 착각 아닌 착각도 든다. 젊어서와 달리 죽음과 시체를 접했던 일들이 꽤 많기 때문에, 또 나에게 죽음의 순간이 찾아올 확률이 높아졌기 때문에, 화면의 공포가 실제처럼 느껴질 수도 있을지도 모르겠다.

한편으로는 노년의 일상은 상갓집 가고 돌아가실 분 병문

안 가는 일로 크게 채워지고 있으니 굳이 또 죽음과 관련된 장면을 화면으로 보고 싶지 않을 수도 있다. 현실의 공포물적 상황에도 놀라지 않으니 말이다. 그러니 노인에게 죽음은 상상계가 아니라 현실계에 속한다. 그렇다고 스포츠나 게임에 열광하면서 상상계를 새롭게 구축할 의지나 여유나 능력도 대부분 없다.

그렇게 해서 최후에 남는 것이 플롯도 간단하고 상투적인 드라마나 느린 노래들이 아닐까 싶다. 어쩌면 나이 들어 엉뚱한 실수와 부적절한 감정 표현과 헛소리는 점점 늘어날 터이니, 젊은이들은 돌아서서 웃고 있을 수도. 굳이 무대 위로 올라가지 않아도 늙은 정신과 몸으로 주변 사람에게 쓴 웃음을 주게 될 날이 올지도 모르겠다. 한 소리 또 하고, 엉뚱한 판단 강요하고, 자신의 생각에 갇혀 지내고 등등.

혹시라도 내가 그런 상황이 되면, 자식이나 지인들께서는 노후의 마지막 스탠드업 코미디라고 생각하고 너그럽게 그냥 웃어주기 바란다.

아무에게도 상처 주지 않고,

아무도 불편하지 않게 하면서 웃기는 일이

얼마나 어려운 일인가.

운전대를 놔야 할 때

늙을수록 부부는 꼭 손을 붙잡고 다닐 일이다. 금실이 좋아서가 아니다. 우선, 손을 잡아야 넘어져도 상대가 잡아줄 수 있으니 일종의 안전장치인 셈이다. 손 놓고 있다 길을 잃으면 난감하다. 특히 전화기를 무음으로 잘해놓거나 다른 사람들과 끊임없이 수다를 떠는 배우자라면, 헤어지고 나서 다시 만날 때까지 땀이 날 정도로 불안할 수도 있다. 만약에 서로 금실이 안 좋다면 말 잘못했다고 때릴 수도 있으니, 손을 꽉 붙잡고 걸어다니는 게 불상사를 예방하는 방법이겠다.

이상은 외국의 어느 중년 여성 코미디언이 한 이야기다. 거기다 동양적 정서를 고려해 하나 더 붙일 것이 있다. 그래야 남들에게 그럴 듯해 보이니까. 세상이 하수상하여 이상한 사람에게 무시당하거나 테러를 당할 수도 있으니, 누군가가 옆에 있는 게 여러모로 편리할 수 있다.

그러나 이런 부부의 편리함은 다 내려놓은 다음에 오는 것 같다. 아직 기력이 있고 눈이 멀쩡해서 운전을 하게 될 때는 종종 젊은 사람 못지않게 잘 싸우게 된다. 왜 이런 데로 와서 막히느냐, 왜 차선을 함부로 바꾸느냐, 신호등도 제대로 못 보느냐, 속도위반 해서 딱지 끊겠다 등 젊어서의 혈기가 다시 살아나 노부부끼리도 종종 싸운다. 아직 싸울 기력이 있는 젊은 노인이란 뜻이다.

다만 젊어서는 두세 가지 일을 한꺼번에 해내던 사람이 나이 들어서는 뇌의 코디네이션이 제대로 안 될 가능성이 있다. 그러니 만약 차만 타면 죽자고 싸우는 부부라면 차라리 운전대를 잡지 말고 부부가 한 공간에 있지 말라고 강력하게 권하고 싶다. 늙은 우리들은 그냥 죽어도 여한이 없지만, 젊은이들이 피워 보지도 못하고 노인의 실수로 죽거나 다친다면 얼마나 끔찍한 일인가.

운전대를 놓고 걸어 다니면 그렇게 좋을 수가 없다. 길가의 간판, 이름 없이 피어 있는 들풀, 잡초들, 쇼윈도 등 참으로 볼거리도 많다. 게다가 주차 걱정, 엔진 오일 가는 걱정, 딱지 끊길 걱정, 다달이 차 값, 보험료 낼 걱정, 사고 날 걱정 없으니 큰 부담 하나를 덜고, 크게 튼튼하지 않은 다리지만 여리 저기 걸어 다니니 운동이 되어 건강에도 좋다.

40대 중반부터 운전대를 놓고 자유를 만끽한 사람의 경험담이다. 시골은 몰라도 편리한 대도시의 대중교통을 이용하지 않고 굳이 자기 차를 끌고 다닐 만큼 내 일이 지구에 보탬이 되는 중요한 일인지도 살필 일이다. 운전이라도 하지 않아서 환경오염, 미세먼지 오염을 방지하는 데 작은 기여라도 해야 지구에 덜 미안하지 않겠는가.

부모의 부모 노릇

세상에는 어른이지만 아이인 '어른이'도 있지만 어쩔 수 없는 운명 때문에 젊은이인데 노인역할을 해야 하는 이들이 있다. 우선, 부모가 부모노릇을 못해 젊어서부터 부모를 부양하고, 부모를 보호하고, 부모를 꾸중하고 지도해야 하는 이들이다. 물론 그중에는 철없고 이기적인 부모들도 있지만, 한없이 착하고 성실하지만 불운이 겹쳐서 부모 역할을 못할 수밖에 없는 운명의 희생자도 있다.

《할배의 탄생》, 《나홀로 부모를 떠안다》, 《아들이 부모를 간병한다는 것》, 《아빠의 아빠가 됐다》 같은 책들은 이른 나이에 부모를 떠맡고 노인보다 더 노인이 되어야 했던 훌륭한 젊은이들의 기록이다. 환갑이 넘어서도 여전히 부모에게 의존하면서 어른아이 노릇을 하는 이른바 금수저 자식들에 비하자면, 얼마나 힘 있고 독립적인 삶인가. 물론 그들이 그런 말의 상찬을 듣기 위해 부모의 부모 노릇을 하는 것은 아니라는 점을 알고 있다. 어쩔 수 없이 아무리 능력이 없지만, 아무리 무기력하지만 부모이니까. 인간이라면 한없이 허약하고 쓸모없는 부모라도 버릴 수는 없는 노릇이니까.

부모의 부모 노릇을 하고 있는 그들에게 필요한 것은 감상적인 눈물과 말이 아니라, 사회적 보호 장치, 나락에 떨어지고 있는 가족들을 구할 구체적인 도움의 손길일 것이다. 언젠가 상당히 평이 좋은 명의가 "치매를 왜 국가가 책임져야 하느냐. 치매는 각자 해결해야 하고, 그 가족이 일차적으로 책임져야 한다."고 말한 적이 있는데, 정말 화가 났다. 아마 돈도 많고 능력도 있는 가족들이 자신들의 의무를 다하지 않고 아무 죄의식 없이 세금을 축내는 것을 보면서 불의하다고 느꼈던 모양이다.

그러나 만약 그 의사가 치매 걸린 자신의 부모를 마루에 모셔가며 직장 생활도 제대로 못하는 일을 직접 겪었더라도 그런 말을 할 수 있었을지 잘 모르겠다. 간병인 하나를 24시간 쓰려면 한 달에 300만 원도 모자란다. 돈도 돈이지만 집안에 기저귀 차는 노인이 있을 때 가족들의 정신 건강, 육체 건강이 얼마나 피폐해지는지 그는 아마 모르는 모양이다.

"나는 아빠를 죽이고 싶었다."라고 고백하는 치매 아버지를 둔 젊은이의 고백에는 죄가 없다. 그는 너무나 정직하게 자신의 힘든 마음을 털어놓았다. 그리고 장기간 아픈 가족을 간병하는 대부분의 자식이나 배우자들은 차마 그런 말을 하지 못할 뿐이지, 마음 한구석에 그런 소망이 불쑥 불쑥 나오니 그 마음을 누르고 감추느라 힘들다. 백세 시대, 아파트에 갇혀 지내고 마을은 사라진 현대 도시인의 비극 중 하나다.

위로가 될지 모르겠지만, 일찌감치 노인 역할을 한 젊은이들은 아주 빠른 속도로 개성화 과정을 거친다. 노인들이나 알고 받아들일 수 있는 인생의 이치, 운명의 힘, 알고 보면 허접한 '자아'라는 환상, 참으로 믿을 수 없는 자신의 의지 혹은 신념 등에 대해 그대로 받아들이는 포용력을 지니게 된다. 자신이 돌보는 노인을 통한 간접경험의 지혜다. 드물게 노인 간병과 돌봄에 지쳐 자신을 버리는, 신문에 날 만한 이들이 있긴 하지만 대부분은 돌봄과 책임의 경험을 통해 다시 강인하게 재탄생한다.

평생 부모의 돌봄만 받으며 그 후광으로 산 이들의 말년에는 돈이나 명예 같은 것과 상관없이 대개 인성이 비루해지는 것과 달리, 부모를 어른처럼 돌본 사람들은 자신들이 쌓은 공덕과 인내로 찬란하게 빛난다. 부모 중 하나 혹은 양쪽을 일찍 잃고 그 빈자리를 채우며 주변 사람들에게 힘이 되었던 사람들에게는 신만이 누리는 영원한 '기억'이라는 선물이 주어지기도 한다. 주변의 사람들은 그런 이들을 영웅이자 위인이자 스승으로 추억하기 때문이다.

축복받은 요절

참 아쉽게도 젊지만 세상을 너무 일찍 떠나는 이들이 있다. 신비한 일은 이들이 업적을 남기든 그러하지 않든, 자신의 죽음을 예견하는 경우 빠른 속도로 개성화 과정을 거친다는 것이다. 암 같은 불치의 선고를 받고 소아병동에서 죽음을 맞는 아이들은 대개 살아남아야 하는 부모들부터 먼저 걱정한다. 마치 그들이 부모의 부모인 듯. 어린 환자의 죽음에 대해 무력감, 의사로서의 한계에 대한 분노, 삶과 죽음의 무자비함에 대한 슬픔으로 종종 우울증과 애도 반응을 거치는 치료진에 대한 배려도 아끼지 않는다.

영생을 얻겠다고 천문학적인 돈을 바이오 산업에 투자하거나, 환경오염에 신음하는 지구를 떠나겠다고 화성 가는 티켓을 사는 실리콘 밸리의 천재들보다 이들은 훨씬 더 높은 정신적 성취를 경험하고 세상을 떠난다. 젊은 나이에 이미 엄청난 성취를 끝낸 후 세상을 떠난 이들의 자취는 역사에 차고 넘친다. 허난설헌, 랭보, 프루스트, 윤동주, 기형도, 파브리티우스, 장 미셸 바스키아, 키스 헤링, 슈베르트, 모차르트, 쇼팽… 요절한 천재들에 대한 책은 아마 수천 권 이상 되지 않을까. 그들 중에는 그 재능을 완전히 펼치지 못하고 참으로 안타깝게 세상을 떠서, 예술사의 큰 손실이라 할 수 있다.

당사자들에게는 기분 나쁜 사악한 상상이긴 하지만, 우리나라 역사에서 장수한 시인, 소설, 화가, 음악가, 철학자 등의 말년을 보면 차라리 일찍 죽었더라면 더 낫지 않았을까 하는 생각이 든다. 친일행적과 친독재정권의 행보로 모자라 성희롱이나 성추행 혹은 제자나 대중을 기만하는 일을 하면서 오욕 속에 노년을 보내고 있는 그들의 말년을 보면 나이 먹어 천수를 누리다 간다는 것이 참으로 위험한 일이 아닌가 싶다. 지금이야 정신이 멀쩡해서 나름 절제와 자기 성찰을 하려고 애쓰고 있지만, 전두엽에 작은 뇌경색이나 뇌출혈이라도 오면 충동을 억제하지 못해 추한 행동을 하지 말라는 법이 없다.

내가 죽고 나서 역사에 혹은 후손들에게 어떻게 기억되느냐가 중요하지 않은 사람도 있고, 또 반대로 어떤 이름으로 기억되느냐가 매우 중요한 사람도 있다. 훌륭한 누군가로 자리매김하는 일은 어쩌면 장수와는 반비례하는 것이 아닌가 하는 생각도 든다. 많이 아쉬울 때 세상을 일찍 떠나는 일이 당사자와 주변 사람에게는 참으로 아프고 또 아픈 일이지만, 어떤 의미에서는 축복이고 큰 명예인 경우도 많다.

세상에 나쁜 음악 없다

20세기 문학사를 바꿔 놓은 프랑스의 천재 작가 마르셀 프루스트는 〈나쁜 음악에 대한 헌사〉라는 시에서 나쁜 음악을 경멸하지 말라고 했다. 그가 말한 '나쁜'이라는 뜻은 '속된' 혹은 본인이 싫어하는, 대중에게 유행하는, 저속한 등으로 번역될 것이다. 어느 시기를 막론하고 귀족들이 즐기는 음악과 평민들이 즐기는 음악은 다르다. 조선 시대의 정악, 아악이 귀족과 왕이 즐기는 음악이라면 판소리, 민요 같은 것들은 평민의 것이었다. 19세기 20세기의 유럽 중심의 이른바 고전 혹은 클래식 음악은 고급 취향의 음악이라고 생각했다. 그나마 재즈나 팝송은 그 기원이 서양이었기 때문에, 조금 배운 사람들의 고급 취미라고 간주했으나 전통 민요나 트로트 같은 음악들은 상대적으로 주류에서 배제되었다. 흥미로운 것은 노인이 되면, 꽤 많은 사람이 트로트나 민요를 좋아하게 된다는 사실이다. 빠른 박자의 이른바 아이돌 음악을 따라 하기 힘들고, 복잡한 악보와 화성의 클래식 음악보다는 단순하고 반복적인 음악이 훨씬 쉽게 다가온다는 뜻이다.

최근 한국에서 일고 있는 트로트 열풍에는 노인 인구가 늘면서 문화의 중심이 장년 혹은 노인에게 넘어가고 있는 현상, 서양 중심의 사대주의적 주류 문화에 대한 거부감, 대중화된 문화 향유 등 몇 가지 시대적 함의가 담겨 있다. 원인이 어찌 되었든 꽤 많은 노인들이 트로트 음악을 들으면서 치유받는 것 같다. 대중들이 좋아하는 노래의 가사는 단순하지만 모두가 공유하는 원형적인 주제, 예컨대 사랑, 슬픔, 외로움, 좌절, 후회, 연민 같은 감정이 날것으로 드러난다. 노인이 되고 죽음이 가까워질수록 복잡한 인지기능은 할 수 없지만, 근원적인 인간의 감정선은 그대로 간직하는 것이다.

미국 노인요양원에서 말을 잃은 치매 노인들이 노래는 따라서 하고 휠체어에 탄 채로 손을 움직이며 춤을 추며 즐거워하는 모습을 보고 놀라웠던 기억이 있다. 언어는 주로 특정 부위의 뇌가 특이적으로 활성화되어야 가능하지만, 음악이나 춤을 즐기는 것은 뇌 전체가 골고루 다 활성화된다. 하지만 상대적으로 언어만큼 고도의 인지기능이 필요 없을 때가 많다. 치매, 발달 장애, 조현병 환자들에게 음악이 이로운 이유다. 요양병원이든 주간 보호시설이든 노인들이 함께 노래 프로그램을 누리며 음악을 즐길 수 있다면 좋은 일이다.

젊어서 시어머니, 남편과 함께 차를 타고 어딜 가는 일이 참 많았는데, 그때마다 고역 중 하나가 단순하게 반복되는 반주의 몇 개의 트로트를 듣는 일이었다. 한때 피아니스트를 꿈꿀 만큼 많은 시간을 클래식과 씨름했던 기억만 있고, 어려서 부모님을 통해서라도 트로트 음악을 들었던 기억이 전혀 없기에 마치 못 먹는 음식을 억지로 강요당하는 것 같았다. 차 속에서 어린 아이들이랑 씨름하느라, 이어폰을 꽂고 다른 음악을 듣는 호사도 가능하지 않은 일이었다.

수십 년 전 길거리에서 팔던 도돌이표 같은 트로트 반주에 비해 지금 인기인 트로트 음악 프로그램들은 참으로 훌륭한 편곡으로 음악적 성취가 높아 보인다. 만약 프루스트의 시 중 한 대목 "예술가의 눈에는 가치가 없어도, 당신의 미학적 혐오를 잠재울 수 있다면, 다른 세상의 존재를 예측하게 해주고, 그곳에서 기쁨과 즐거움을 알게 해 줄 수 있다."를 그때 생각해 냈

었더라면, 상투적인 반복으로 가득했지만, 인생을 담고 있는 그 노래들의 진가를 알아 차렸을지도 모르겠다.

따지고 보면 클래식도 별 수 없다. 뻔한 플롯으로 가득한 게 실은 오페라들이 아닌가. 특히 푸치니의 '마담 버터플라이', '라 트라비아타', '리골레토', 베르디의 '나부코', 바그너의 '팔시팔', '트리스탄과 이졸데' 같은 오페라들을 보다 보면, 반여성적 태도, 뒤틀린 오리엔탈리즘 혹은 나치들이나 좋아할 것 같은 아리아니즘, 중동의 무슬림에 대한 유대 우월주의 같은 정치적으로 올바르지 않은 주제들이 노골적으로, 그리고 상투적인 플롯으로 담겨 있다.

어쩌면 진짜로 나쁜 음악은 트로트나 민요 같은 것이 아니라, 오페라 라는 장르를 통해 은근히 히틀러를 부추긴 바그너의 음악이 아닐까 하는 생각도 든다. 물론 오페라란 고급 장르를 연구하면서 즐기고 있거나, 바그너의 음악 같은 것에 열광하는 바그너 추종자들에게는 허황되고 뜬금없고 무식한 이야기이겠지만. 연주자들 얘기로는 누구누구 연구회 혹은 동호회라며 모인 일종의 프로-아마추어들 앞에서의 연주가 가장 어렵단다. 웬만하면 감동하지 않고 품평하기 때문이란다. 예술은 평가하기 위해 감상하는 게 아니라 즐기고 감동하기 위한 것이 아닐까. 트롯이든 운동가요든 가스펠이든 카툰이든 할리퀸 연애 소설이든 내가 좋으면 됐다.

나이 들수록 단순한 게 좋고 이해하기 복잡한 건 싫은 마음이 자연스러워 보인다. 더 이상 뇌세포를 혹사하지 말라는 신호 아닌가. 재미있으면 하지만, 머리에서 쥐나는데 남보기 좋으라고 '하는 척' 할 필요 없다. 허세를 떤다고 밥이 나오나. 떡이 나오나.

노대가들도 관절염으로 손가락이 잘 돌아가지 않아서인지, 기억력이 쇠퇴해서인지, 기교가 풍부하고 복잡한 현대곡보다는 본질에 닿아 심금을 울리는 고전작품의 악보를 놓고 연주한다. 그들도 그러할진대, 무어 부끄러운가. 취향 역시 뇌에 따라 서서히 단순해지는 것이 자연스럽다. 젊어서는 쾅쾅 귀를 울리고 뭔가 굉장해 보이는 음악이 멋져 보인다면 나이 들수록 몸의 귀가 아닌 마음의 귀를 열게 하는 음악이 더 좋아지는 것이 순리다.

프루스트로 다시 돌아가 말하자면, 세상에 나쁜 개는 없듯, 나쁜 음악도 없다. 다만 개가 우리를 받아들일 준비가 되지 않으면 나쁜 개가 되듯, 우리가 그 음악을 받아들일 귀가 없으면 나쁜 음악이 되는 것이다.

운명의 계산서

왜 특히 노인들이 가짜 뉴스에 잘 현혹되고 보이스 피싱의 타깃이 되는 걸까. 물론 노인들만 꼭 가짜 뉴스에 현혹된다는 증거는 없다. 노인들이 가짜 뉴스에 약하다는 통계적 검증 없는 결론은 또 하나의 가짜 뉴스일 수 있다. 세대별, 성별, 지역별, 직군별 등 무언가를 범주화하고 이들의 특징을 이렇다고 묘사하는 과학적 근거 없는 대부분의 주장들은 과학 혹은 논리에 분칠을 한 선동일 가능성이 높다. 노인이 아니라, 디지털 기술에 대한 접근성이 낮은 사람, 디지털 문맹, 확증 편향에 빠진 고립된 직역의 사람 들이 가짜 뉴스에 선동될 가능성이 높다고 말한다면 어느 정도 수긍이 간다.

하지만 나이 자체가 가짜 뉴스에 취약하게 만들 수 있다면 몇 가지 가설은 생각해볼 수 있다. 완전하게 검증된 과학적 사실이 아니라 어디까지나 추측이다.

우선, 노인들의 굳어 버린 '뇌'가 문제다. 물론 모든 노인들의 뇌가 다 치매로 간다거나 경직되어 있다고 말할 수는 없다. 말년에《파우스트》를 쓰고 젊은 여성과의 로맨스를 꿈꾼 괴테나, 90이 넘어서까지 끊임없이 바람기를 발휘했던 피카소의 뇌는 아마 웬만한 젊은이들보다 훨씬 더 창의적이고 젊을 수도 있다.

하지만 나이가 들면 뇌의 회백질과 백질이 남녀 차이 없이, 특별한 치매 증상이 없어도 선형적으로 줄어든다는 논문들이 많으니, 특별한 천재들 빼고는 보통의 장삼이사들은 나이 들수록 젊을 때에 비해 기억력, 판단력, 창의력 등 나빠질 가능성이 높다.

두 번째는 고립되거나, 편향된 대인관계가 반복되어 상상력, 포용력이 들어갈 틈이 점점 없어지는 노인들의 일상이다. 젊어서는 끊임없이 새로운 지식, 새로운 사람들을 만나면서 어제는 몰랐던 사실을 오늘 아는 일에 감사하게 될 확률이 높지만, 나이가 들면 체력이 줄고 사회적 망도 좁아지면서 과거의 틀에서 벗어나기가 힘들어진다. 익숙한 게 편안한 노인들로서는 일단 자신과 다른 낯선 이야기보다는 같이 어울리는 사람들과 듣기 좋은 이야기만 걸러서 듣는 경향이 있다.

세 번째는 본인들의 감정에 의한 주장이나 판단을 가짜 뉴스에 등장하는 활자, 논리, 정보, 사실 등으로 포장하고 싶어 하는 마음이다. 상대적으로 순수하게 자신의 생각을 별로 포장하지 않고 솔직히 털어 놓는 젊은이들과 달리, 노인들은 뭔가 있어 보이게 이런 저런 검증되지 않은 이야기들을 전한다. 그냥 나는 여당이 싫다, 야당이 싫으면 싫다, 외국인이 들어와 내 일자리를 빼앗아 갈까 두렵다, 내가 믿는 기독교와 수천년 동안 싸웠다고 하는 무슬림이 싫다, 동성애자들은 그냥 징그러워서 싫다, 하는 식으로 솔직히 이야기하지 않는다. 대신 여당은 혹은 야당은 이러이러한 음모들을 꾸미고 있다, 외국인들의 범죄율은 높다, 동성애자들이 에이즈를 옮기고 있다, 하는 식으로 이런 저런 가짜 뉴스들을 퍼날라, 자신들의 생각에 동조하는 세력을 모으려 한다.

그렇게 해서 어떤 주장을 주장하는 세력을 형성해서 계속 성장시키면, 훨씬 안전하다고 느끼기 때문이다. 남들과 달리 혼자의 목소리를 내면 얼마나 아프고 고생스럽고 서러운지 아직은 잘 모르는 젊은이들 중에는 깨지고 터지고 죽는 한이 있어도 일단 자신의 생각을 포기하지 않으려 하는 이들이 그래도 있다. 하지만 이미 상처를 받을 만큼 받은 노인들은 고독한 지점에 갇혀 홀로 순교자가 되는 것이 두렵기 때문에 주변의 가까운 사람들을 따라 집단을 형성한다. 죽을 때 죽더라도 같이 죽는 것이 훨씬 안전하게 느껴지는 것이다. 자신들이 속한 하위 그룹에 충성심을 보내는 것은 나이를 막론하고 비슷하지만, 자주 변하고 뭔가 새로운 것이 있으면 금방 충성심을 잃고 다시 다른 집단으로 이동하는 젊은이들에 비해, 노인들은 일편단심 한 번 꽂히면 그 집단을 벗어나기 힘들다.

최근 모이기만 하면 나라 걱정하는 노인들이 점점 늘고 있다. 소셜 미디어가 보편화 되면서 어쩌면 과거에는 그냥 묻혔던 많은 부정, 부패, 비리 들이 더 많이 늘어나는 탓도 있고, 독재 시대가 끝나면서 권위가 무너져 여기 저기 갈등이 깊어지는 면도 있다.

재미있는 것은 소외감과 좌절을 느끼는 저소득층 젊은이들 못지 않게 오히려 많이 누리고 가진 것도 많은 노인들이 한국의 미래에 대해 불안하게 느낀다는 점이다. "세상이 말세다."라고 말하며 혀를 찼던 사람들은 공자의 시대건 21세기건 마찬가지로 젊은이들에게 자기 자리를 조금씩 빼앗기는 기성세대가 대부분이다. 노인들이 느끼는 '말세'의 분위기는 어쩌면 본인들 자신이 사라져 가기 때문에 느끼는 개인적인 종말일 수도 있다. 사람들의 무의식은 어쨌거나 자기 중심적으로 이 세상이 돌아간다고 느끼기 때문이다.

또 지금 나라 걱정을 깊이 하는 이들은 그만큼 지금까지 나라를 위해 한 것도 많고 또 반대로 나라에서 받은 것이 비교적 많다고 생각하며 살아온 사람들이라고 보인다. 애국심이 그냥 생겼겠는가. 그러니 애국심에 충만한 그들이 진정으로 국가를 위해 무언가를 할 수 있도록 기회를 주는 것도 필요하지 않는가 싶다. 농담이 아니라, 군복을 입고 지치지도 않는 스태미너로 데모를 하고 있는 노인들은 어쩌면 게임과 스마트폰으로 목 허리 아픈 곳 없는 젊은이들 보다 훨씬 더 전쟁터에서 용감할 것도 같다. 중년 이후의 여성들 역시, 집에서 노느니 예비군 훈련에 동원되어 공짜 점심도 주고 사격 훈련도 할 수 있게 해준다면, 그 시간을 매우 즐길 것 같다. 도대체 왜 국방의 의무에 건강한 노인들을 배제하는가! 군의 효율이 떨어진다고? 나는 우리 아들들 대신 전방에 투입이 된다면, 총알받이라도 할 마음이 있다. 나는 살만큼 살았으니, 생떼 같은 내 새끼들 대신 얼마든지 죽겠다고 하는 어머니들은 아마 한두 명이 아닐 것이다.

하지만 어떤 정치인들도 노인에게 그런 기회를 줄 능력이 없었던 것 같고 앞으로도 누가 나오든 노인의 전투력에 대해서는 별 관심이 없을 것 같다. "애들 같은 무능한 정치인"들에게 뭘 하라고 대답 없는 구호를 외치며 광장을 헤매는 대신, 차라리 나라를 위해 우리 노인의 노동력과 목숨을 써달라고 요구하는 게 더 윤리적인 대안이 아닐까.

젊어 고생한 노인의 눈으로 보자면, 노인의 희생을 몰라주는 젊은이들이 괘씸할 수 있겠지만, 기왕에 희생하는 것, 나는 앞으로도 더 많이 희생할 각오를 가지면 안 되나? 그래야 젊은이들이 우리 같은 늙은이가 되었을 때 지금보다는 훨씬 더 나은 세상이 올 것이라고 믿는다.

인과응보란, 원인을 만든 사람에게 꼭 결과를 되돌려주어야 한다는 말이 아니다. 우리들 행동의 결과가 어떤 식으로 복이 되고 화가 될지는 인간이 결정하고 만들어가는 게 아니라 인간의 계산을 넘어서는 운명과 섭리에 의해 주어진다. 그리고 살아보니, 운명의 계산서는 때론 매우 빨리, 때로는 아주 아주 느리게 우리에게 주어진다. 그리고 얼마나 혹독한 방식이 될지는 그 어떤 사람도 예측할 수도 예방할 수도 없다.

그러나 경험에 의하면 정말로 나쁜 사람들은 굳이 피해자가 나서서 손에 피를 묻히지 않아도 가해자 자신의 꾀에 제가 넘어가 죽기 전에 화를 당하게 되어 있는 것 같다.

만에 하나, 운명이 혹여 그를 비껴가더라도 자손에게 남들 모르는 방식으로 화가 미치는 것을 참 많이 목도해왔다.

살아보니, 운명의 계산서는 때론 매우 빨리,

때로는 아주 아주 느리게

우리에게 주어진다.

그리고 얼마나 혹독한 방식이 될지는

그 어떤 사람도 예측할 수도 예방할 수도 없다.

세상을 제대로 보는 어른

코로나 바이러스에 대한 한국인들의 대처는 대체적으로 다른 국가에 비해 상당히 의연하고 참을성도 많았지 않았나 싶다. 그만큼 성숙해졌다는 증거일까. 따지고 보면, 현재 결핵으로 병들고 죽는 사람, 치료될 수 있는 다른 감염성 질환도 돈이 없거나 무지해서 때를 놓치고 죽어가는 사람들, 산재로 죽어가는 사람, 교통사고로 죽어가는 숫자는 코로나 바이러스 환자의 사망률에 비하면 비할 수 없이 많은데도 너무 오래 되고 일상화된 문제이니 언론이 주목을 하지 않는 것 같다.

죽음과 질병에 대한 원초적 두려움을 언론을 비롯한 거대 자본이 그들의 입맛에 맞추어 편집하고, 또 언론 매체 소비자 역시 자신이 보고 싶은 정보만 본다. 팬데믹에 대한 반응 역시 모든 사람이 다 같지 않다. 바이러스보다 경제적 어려움이 더 힘들다는 이들도 많아서 점점 더 병 그 자체 보다 살아남아 겪어야 할 일들에 대한 걱정들이 더 많아지는 것 같다.

이렇게 힘들 때, 우리를 버티게 해주는 힘은 누군가, 혹은 무언가에 대한 '사랑' 아닐까? 그 대상이 가족일 수도, 예술일 수도, 새로운 창의적 기술일 수도, 학문일 수도, 국가일 수도, 더 나아가서는 숨 막혀 죽어가는 지구일 수도 있다.

그런데 아무도 사랑하거나 돌보거나 책임지거나 희생하지 않고, 오로지 나의 이기심에만 온 에너지를 다 쏟고 있다면 이미 죽은 좀비와 다름없이 아무도 사랑하지 않는 것인데, 굳이 팬데믹에 떨면서 생명을 연장하는 것이 무슨 의미가 있나 싶다. 누군가를 돌보고, 아끼고, 사랑하지 못한다면, 오래 오래 산다 해도 무슨 재미와 행복이 있을까.

자신이 이미 죽었다는 것을 무의식이 알기 때문에, 남의 영혼도 죽이기 위해 댓글이든 집회든 방법을 가리지 않고 '혐오 바이러스'를 퍼뜨리는 것은 혹시 아닐까. 그리고 실제로 가족이든 남이든, 아무에게나 폭력을 휘두르는 것은 아닐까.

복수와 증오의 비루한 메시지를 서로 공유하면서 분노의 화살을 남에게만 돌린다면, 윤리 이전에 본인의 정신건강에 해롭다. 현재에 집중할 에너지도 미래를 준비할 에너지도 저장되지 못하기 때문이다.

세상을 제대로 보는 노인이 해야 할 일은 '혐오 공세'와 폭력적인 언행으로 자신의 소중한 시간들을 낭비하는 것이 아니라 주변을 돌아보고 부족하면 부족한 대로 모자라면 모자란 대로 함께 차근차근 세상을 바꿔 나가는 것이다. 어른답게.

얇고 길고 밋밋하게 사는 것

헤밍웨이의 소설 《노인과 바다》의 주인공은 잡히지 않는 고기를 잡으려 사투를 벌이다 결국 세상을 떠난다. 나 같으면 그 배의 키를 젊은이에게 넘겨줬을 것 같다. 젊은이가 알아서 고기를 잡을 수 있도록 도와주고 격려해주고 그간 쌓은 경험을 나눌 것 같다. 혹시라도 젊은이가 지치면 맛있는 음식을 마련한다든가, 하다못해 썰렁한 농담이라도 해서 젊은이 마음을 풀어주고, 또 어쩌면 고기를 잡는 것이 인생의 끝이 아니라 세상은 넓고 할 일은 많다고 말해줄 것 같다.

헤밍웨이도 혹시 그렇게 생각했더라면 《노인과 바다》 같은 위대한 걸작은 쓰지 못했을까. 여러 번 겪은 사고로 인한 뇌 손상, 알코올 중독, 혈색소증 등으로 인한 여러 장기의 이상으로 우울증과 공포, 불안을 겪던 헤밍웨이의 말년은 노벨상 수상 작가에 어울리지 않게 불행했다. 그의 총기 자살은 예술혼을 불태우는 낭만적인 죽음이 아니라, 고통과 싸우다 택한 평안이었다.

사랑하는 여인이 마지막까지 곁에 있었으나 헤밍웨이가 병과 싸우다 결국 죽음을 택했듯, 화가 마크 로스코나 아쉴 고르키의 죽음은 더욱 외롭고 아프며 그의 그림들 역시 그렇다.

고르키의 작품에는 몸을 지배하는 고통이, 로스코의 그림에는 깊은 허무와 절망이, 투영된 자신의 그림자가 보인다. 우리같이 평범한 사람들은 그들의 목숨까지 삼켜버린 천재들의 결과물을 감상하고 살며 상처받았던 기억들은 치유하고, 죽음 앞의 두려움을 완화시킬 수 있게 된다. 그들이 원하든 원하지 않든, 천재들에게는 평범한 사람들의 비극까지 대신 떠맡는 재능이 있고, 그런 재능이 바로 그들에게는 저주였을 수 있다. 내게는 그런 재능이 없다는 것이 어찌 보면 참으로 감사한 일이 아닌가?

굵고 짧고 격렬하게 사는 것보다 얇고 길고 밋밋하게 살면서, 소소하지만 확실한 행복을 찾을 수 있는 평범함보다 더한 축복이 세상에 어디 있으랴. 나이 들었지만, 무엇 하나 내세울 것 없는 노인들이 천재였지만 일찍 간 사람들 얘기를 들으면서

하는 자조 섞인 얘기다. 한편으로는 무언가를 이루지 못한 사람의 열등감일 수도 있지만, 한편으로는 자신의 재능과 그를 제대로 알아주지 않는 세상 때문에 고단한 삶을 살아야 했던 천재들에 대한 애틋함과 안타까움도 있다. 그들은 영원히 젊은 상태로 세상을 떠났고, 평범한 우리는 그나마 노년이 무엇인지 경험할 수 있었기에.

그럼에도 '늙음'이란 말은 언젠가부터 금기어가 되어 가고 있다. 왜 꺼려하는 말이 되었을까? 왜 지자체나 기관들은 늙은 사람을 위한 무엇을 한다고 하지 않고 굳이 외래어인 '시니어'란 말을 쓰는가? 우리 말 '늙은' 혹은 '노인'이란 단어에는 낡고 비루한 냄새가 나는 반면, '시니어'란 단어에는 세련되고 좀 있어 보이고 젊은 느낌이 든다고 생각하는 걸까? 이제 미국이라면 사족을 못 쓰던 전후의 그 못사는 나라가 아닌데도 불구하고 말이다.

'늙은이'라는 말에 비하하는 뉘앙스가 있는지, 노인들이 스스로 노인이라고 말하는 나이는 75세쯤 되었다. 특히 경제적 능력이 있고 자기관리도 철저히 하는 노인들의 경우엔, 과거보다 체력과 건강이 좋아졌기 때문에 75세까지는 스스로를 노년 보다는 나이든 중년이라고 간주한다. 물론 몸의 기관들이 급격히 나빠지게 되면, 그보다 빨리 노인이라는 점을 받아들이게 된다. 자신이 늙었다는 것을 부정하면서 실수를 하면 상대방에게 불쾌감을 주지만, 허둥대더라도 "늙으니까 많이 답답하지?" 하고 말하면 대부분의 젊은이들은 경직된 태도를 푼다. 어차피 노인은 젊은이들에게 상대가 되지 않으니, 노인이 먼저 공격만 하지 않는다면 굳이 젊은이들이 미치지 않고서야 노인을 공격할 리는 없다.

노년을 부정하는 것은 꼭 젊은이들과의 경쟁 구도 때문은 아니다. 노인들 중에는 늙은 존재 자체가 아름답거나 유쾌하지 못하다고 생각하는 이들도 있다. 자존감의 저하다. 물론 젊은이들 중에도 그런 사람들이 많다. 다른 점이 있다면 젊은이들은 자신들의 육체가 얼마나 빛나고 싱싱하고 아름다운지 모른다는 것이고, 노인들은 쇠락해가는 육체와 정신을 억지로라도 고상함과 아름다움으로 포장하려 한다는 점이다. 노년, 그 자체를 부끄러워 하거나 혐오하기 때문이 아닐까.

나이 들수록 화려한 옷, 화려한 장신구를 선택하는 것은 주름진 자신의 피부나 처진 육체로부터 시선을 돌리기 위해서라고 말하는 노인들은 대부분 패션 감각이 출중하다. 그러나 한걸음 더 나아가 진짜 패션은 노년, 그 자체여야 하는 게 아닐까 싶다. 흰 머리와 주름진 얼굴을 감추지 않는 얼굴이 존경스럽고 아름다운 이유다.

물론 죽음과 소멸을 예고하는 흔적들에게서 아름다움을 찾는 것은 쉽지 않다. 화가 렘브란트나 이반 올브라이트 등이 그린 노년의 자화상들을 보면 감동을 받지만 한편으로는 안쓰러워지는 것을 부정하기 힘들다. 누워서 방긋방긋 웃는 손주 녀석을 보고 기저귀를 갈고 우유를 먹일 때의 마음과, 몹쓸 병에 걸린 운명을 저주하고 분노를 터뜨리는 늙은 부모의 성인용 기저귀를 갈 때의 마음이 어찌 같겠는가.

하지만 아이의 아름다움이 '순수미'라면, 노년의 아름다움은 죽음과 가깝고 운명의 한계를 보여준다는 점에서 인간의 한계를 인식시켜 주고 자연의 장엄한 힘을 절감케 하는 '숭고미'에 가까울 것 같다. 비유를 하자면 젊은이들의 삶은 꽃과 열매가 가득한 풍성한 녹색에 가깝다면 노년의 삶은 메마른 협곡이나 사막 같을 수 있다. 전자의 풍경에서 생기 가득한 아름다움을 찾는다면, 후자의 풍경은 때로 우리를 압도시켜 작은 자아 따위는 버리게 하는 자연의 광대한 힘을 만나게 한다. 늙고 죽음은 우리를 사라지게 한다는 점에서 운명의 숭고함을 절감하게 만드는 메마르지만 광활한 사막같은 것은 아닐까.

아이의 아름다움이 '순수미'라면,

노년의 아름다움은

죽음과 가깝고 운명의 한계를 보여준다는 점에서

인간의 한계를 인식시켜 주고

자연의 장엄한 힘을 절감하게 만드는

메마르지만 광활한 사막같은 것은 아닐까.

노인들의 노동은 빛이 난다

매스컴에서 '일자리에 몰리는 노인들'이라고 떠들 때마다 좀 기분이 나빠진다. 늙어 일을 하는 것이 꼭 몰려서 하는 것 같다는 뉘앙스가 느껴지기 때문이다. 물론 생계 때문에 일하는 저소득층 노인들의 숫자가 점점 늘어나 사회 문제가 되는 것은 맞다. 그러나 대부분의 노인들이 일을 하는 이유는 꼭 돈 때문은 아니다. 노인들의 노동 효율이 떨어지기 때문에 차라리 장애인 수당을 받거나, 기초 수급자가 되어 공짜 점심을 먹는 것이 몇 푼 받자고 일하는 것보다 차라리 효율적일 수도 있다.

젊을 때와 달리 쉬어도 힘들고 벌어도 힘들지만, 해야 할 일이 있는 것은 규칙적인 생활을 하게 해주고, 자녀나 배우자에게 집착하지 않게 해주고, 쓸데 없는 기억 때문에 과거에 머물지 않게 해주고, 사회와 고립되지 않게 해주고, 가만히 있으면 가속화되는 노화도 어느 정도 느리게 해준다. 어차피 이래도 저래도 아프다면 차라리 몇 푼 안 되는 돈이라도 벌면서 아픈 게 낫지 않은가. 노인들에게는 피로하고, 쑤시고 아픈 것은 일상이니 자잘한 병이 있고 몸이 예전 같지 않는다 해도 일하면 오히려 통증이나 불편함을 잊을 수도 있다.

노인들이 일하는 모습을 보고 그런 반응들이 나오는 이유는 어쩌면 젊은이 중심으로 돌아가는 사회의 문제일 수도 있다. 우선, 자신들에게 희생했지만 그만큼 자식에게 되돌려 받지 못한 자신의 부모에 대한 미안함과 죄의식 때문이라면 고운 마음이 만들어내는 불편함일 수 있다. 반대로 노인들에게 자신들의 일자리를 빼앗기고 있다는 불안감이 숨어 있을 수도 있다. 혹은 젊고 건강하지만 일하는 것이 싫고 귀찮으니 노인들은 더할 것이라는 추측이 있을 수도 있다. 또 노인들의 성과가 어차피 졸렬하지 않겠냐는 편견도 있다.

젊었을 때의 일은 대체로 불안한 미래, 힘센 상사, 고된 경쟁 등등으로 이런저런 고난으로 점철될 수 있지만, 늙어서의 일은 미래 걱정, 상사 눈치, 성공에 대한 강박적 경쟁 등이 없어서 오히려 일 자체에 집중하기가 쉬울 수도 있다는 점은 간과되는 것 같다.

사실 젊은이들의 생각과 달리, 노인들은 젊은 눈에는 허접하다고 할 만한 일도 크게 부끄럽지 않고 즐겁게 한다. 젊어서는 손도 대기 싫던 쓰레기 봉투, 아이의 대변이 묻은 기저귀, 먼지가 뽀얗게 앉은 창고 등이 눈도 코도 손도 무뎌졌기 때문인지 그리 역하지 않게 된 것이다.

나도 책방이나 목욕탕 같은 데서 돈 받는 일을 할까 하는 생각을 가끔 한다. 하염없이 앉아서 책 보다 어쩌다 오는 손님들에게 돈만 받으면 될 듯해서이다. (물론 책방지기라면 책 정리하고 관리하는 일, 목욕탕 이모도 목욕탕 청소에 음료수 관리에 진상손님 상대 등으로 만만치 않다는 점은 익히 알고 있다.)

그러니 손주를 보는 일은 얼마나 좋고 감사한가. 어차피 노인이 되어 잠이 별로 없어졌고 쉽게 잠이 깨니 항상 잠이 부족한 젊은이들보다는 칭얼대는 갓난아기 돌보는 데 최적화되어 있다. 까르르 웃는 아이를 안을 때의 행복감은 얼어붙은 노인들의 마음도 얼마든지 녹인다. 할머니, 할아버지의 육체로서 손주 육아는 물론 쉽지 않겠지만, 그보다 더 즐거운 일도 드물다.

노인의 노동은 종류가 무엇이든 다가오는 죽음과 명백한 노화에도 불구하고 하는 것이기 때문에 어떤 면에서는 다 영웅

적일 수 있지 않을까 싶다. 잘 보이지 않는 시력과 무딘 청력, 아픈 관절에도 불구하고 혼자 사시는 도시의 노인들, 80이 넘어서도 논밭과 바다로 나가는 농어촌 노인의 삶도, 소리 없이 거칠고 궂은일을 남에게 떠맡기지 않고 독립적으로 해낸다는 점에서 모두 다 아름답고 빛나는 삶이 아닐까.

그냥 벌레 같이만 되지 않으면 좋겠다

이효리가 방송에서 "뭘 훌륭한 사람이 돼? 그냥 아무나 돼." 라고 말할 때 많은 이들이 좋아했다. 멋있게 살아야 한다, 남보다 뛰어나야 한다, 일류가 되자는 말을 넌덜머리 나게 들은 사람들이 우리 사회엔 참 많기 때문일까. 나도 감동 받았고, 지금도 미래에 대한 걱정이 들 때 가끔 이효리 생각을 하면 위로를 받는다.

이효리를 흉내 내자면 노년 역시 마찬가지다. 한때 품격 있는 노년, 귀여운 할머니, 지혜로운 어른 같은 이미지들을 그렸던 중년의 시간들이 있었다. 그러나 막상 노년에 들어서니 그런 희망 같은 것이 다 우스울 뿐이다.

그냥 벌레 같이, 좀비 같이만 되지 않으면 좋겠다라는 생각이 든다. 너무 자학하는 것 같다고? 노년은 죽음을 준비하는 시기다. 죽으면 정신은 어떻게 될지 모르지만, 육체는 재가 되거나 구더기에 의해 썩거나 둘 중 하나다. 그런데 아이러니는 죽기도 전에 이미 벌레처럼 취급받으며, 혹은 거꾸로 애먼 사람들을 벌레처럼 취급하며 살게 되는 수도 있기 때문이다.

요양병원에서 마비되는 모습만 있는 것은 아니다. 한집에서 살면서 서로 미워하면 가족들을 벌레 쳐다보듯 하는 이들이 생각보다 많다. 노년이 될수록 노년의 냄새 때문에 상대를 벌레 취급하거나 자신이 벌레 취급당하기 더 쉽다.

혹 카프카의 《변신》을 읽은 적이 있다 해도 노년에 들어서는 다시 한 번 읽어 볼 필요가 있을 것 같다. 어느 날 일어나 보니 주인공 그레고르는 자신의 몸이 벌레로 변했다는 것을 알아차린다. 가족들은 처음에 충격을 받지만, 이내 그레고르의 존재를 잊고 자신들의 삶을 깔깔거리며, 때론 행복해하며, 때론 감동도 받으며 계속해 살아간다.

그리고 많은 노인들이 자신은 혼자 방에서, 혹은 병상에서 노화와 죽음과 사투를 벌이고 있는데 다른 가족들은 모두 제 갈 길을 가는 것 같아 허무하고 화날 수 있다. 그러기 때문에, 《변신》을 꼭 읽자는 얘기다. 사실은 그런 운명은 꼭 나만의 운명이 아니라 인류 공통의 운명이기 때문이다. 지금 젊은이들, 건강한 이들 역시 모두 늙고 죽어가는 과정을 언젠가는 거치기 때문이다.

그러나 벌레의 삶에서도 출구는 있다. '가족 간 소외 현상'을 극복하면 된다. 가족끼리 싸우고 미워하면 상대가 늙거나 병이 들지 않아도 아예 젊을 때부터 서로를 벌레 보듯 미워하고, 혐오하고, 무시하고, 저주한다. 사랑을 오래오래 하고 실천해야 한다. 가족 뿐 아니다. 사회에서 극우는 극좌를, 어떤 종교는 다른 종교를, 어떤 집단은 또 다른 어떤 집단을 서로 벌레 취급하면서 싸우는데, 남들을 벌레 취급하고 있지만 사실은 벌레보다 못한 사람들이라고 누군가에게 배척당하고 있는 건 아닐지.

젊었을 때는 눈치코치가 그나마 살아 있어서 혹시 벌레 취급당하고 있는 것 같으면 반발을 하든, 반성을 하든, 뭔가 사태를 개선하려고 할 수 있다. 혹은 그냥 대책 없이 시간이 지나면 나아지겠지 하고 근거 없이 희망을 갖기도 한다. 하지만, 귀도 눈도 머리도 맑지 않은 노년이 되면 눈치나 희망은 다 사라지고, 자신이 무슨 행동을 하는지도 모르고 벌레처럼 굴 수 있다. 슬프게도 그런 사람들이 많다. 먼저 내가 남들을 벌레 취급하면, 결국 자신도 벌레처럼 군다는 뜻이다. 도대체 누굴 원망하랴!

그러니 벌레처럼만 되지 않겠다고 생각하는 노년의 꿈은

귀여운 할머니, 품격 있는 할머니, 어쩌구 하는 말보다 어쩌면 매우 절실하고도 가장 현실적인 꿈이다. 슬프게도 언제든 혐오 바이러스는 우리 정신과 몸을 때론 오싹하게 때론 약삭빠르게 갉아 먹는다.

어른답게 말하기

“귀는 열고, 입은 닫고, 지갑은 열고.”

한때 좀 깨었다 하는 노인들이 금과옥조처럼 외치던 모토다. 한마디로 말해 젊은 사람들 하는 소리 말없이 듣고 돈이나 내면 된다는 주문인데, 너무 믿다가는 그냥 우스운 노인이 될 수도 있다. 돈은 참 많이 쓰는데, 돌아서면 비웃음 혹은 배제의 대상이 된다면 참 허망할 터이다. 쉽게 말해 호구다.

그렇다면 어떻게 해야 호구가 되지 않을까. 첫째 이제는 알 만한 사람은 아는 얘기겠지만 돈으로 ‘관객’, ‘아첨꾼’을 사지 말 것. 내가 돈을 냈으니, 너희들은 내 이야기를 들어라 하고 혼자 떠들다 보면 관계는 사라지고 대신 돈 받고 억지로 들어주는 관객만 남는다. 반대로, 무조건 입은 닫고 돈만 쓰는 것 역시 젊은 사람들에게 무시당할 가능성이 있다. 좀 모자란 노인네 취급을 당할 가능성도 있다. "어차피 아무 말도 안 하시니까 우리 마음대로 무시해도 돼." 하고 말이다.

말의 '양'도 문제지만, '질', 즉 언제 무엇을 어떻게 이야기하느냐가 진짜 관건이다. 일단, 지금까지 잘 살아온 '나'에 대해 하고 싶은 이야기는 좀 참자. 내 경험을 나누어주면 좋을 것 같지만, 들을 귀가 없는 사람에게는 내 입만 아프다. 젊은이들과 좋은 관계를 맺겠다는 지나친 의욕은 버릴 것. 늙은이들에게 중요한 이야기가 젊은이들에게도 중요하다는 보장이 없기 때문이다. 상대방은 자기 삶을 살기도 바쁜 젊은이일 뿐이니, 나의 마음을 풀어줄 정신과 의사나 나의 팬이 되는 것을 기대하지는 말자. 그러니 묻기 전에 자기 이야기를 먼저 풀어내는 것은 될수록 자제할 것. 이야기가 그리 하고 싶으면 돈 주고 정신과 의사를 찾는 게 낫다. 만약 자신의 이야기를 상대방이 싫어 한다면 정말 필요한 불행한 이들에게 자선을 베풀고, 그들과 함께 식사라도 한끼 하는 것이 훨씬 낫다.

둘째 상대방이 나이가 어리든 경험이 일천하든 돈이 없든 일단 이야기를 건성으로 듣지 말고 "내가 해봐서 아는데… " 하는 식으로 말을 자르지 말고, 일단 관심과 호기심을 보일 것.

인간의 뇌는 자신에 대해 이야기하고 자신에 대해 관심을 가질 때 훨씬 호기심을 느낀다. '감정노동'이 피로한 건 결국 내 감정은 돌보지 않고 상대방 감정만 돌보기 때문인데, 상대방 감정은 주로 그들의 '말'로 나오고 그들의 얼굴로 표현되는 것이고 남의 말과 얼굴을 참아줘야 한다는 것은 아주 자주 고역이다. 감정노동에 돈을 내는 이유다.

그렇다고 입을 항상 닫고 지내면, '항상 화내고 있는 노인'으로 오해받을 수도 있다. 특히 아랫사람이 먼저 인사를 해야지, 아랫사람이 먼저 문을 열어줘야지, 아랫사람이 어른은 어떻게 생각하냐고 물어봐야지 하고 생각하면서 산다면 곧 실망으로 세상을 떠나고 싶게 된다. 어른이니까 먼저 상대방에게 인사를 해주고, 어른이니까 양보하는 모범을 보이고, 어른이니까 당신들 의견은 무엇인지 먼저 물어봐주어야 한다. 젊은이들 흉내를 어설프게 내서 경박한 농담을 하거나 친밀함을 표시한다고 신체 접촉을 하는 것이 젊은이들과의 거리를 가깝게 하는 것이 아니다.

그렇다면 노인들은 매일 고개를 숙이라는 말인가? 나는 젊은 사람들에게 가르치고 싶은 게 많고 내가 쌓아온 것을 전수하고 싶은데, 입을 닫으란 말인가? 일단은 경험에서 나온 원칙들이 있다. 배우고 싶은 후배나 제자에게만 전수해줄 것. 배우고 싶지 않은 사람에게 입 아프게 이야기해야 원수가 되기 십상이다. 둘째 때를 잘 살필 것. 지금 배우고 싶지 않은 사람에게 당장 하라고 불호령을 내렸다간 요즘 세상엔 미친 노인네 취급을 받을 수 있다. 지금엔 싫어도 언젠가는 배우고 싶어 할 수 있는 것이고, 집중이 잘 되는 환경 혹은 시간이 올 수도 있다. 공부해야 한다고 잠을 안 재우고 자식이나 학생 들을 가르치는 것은 일종의 학대다. 배우기 싫다는 젊은이들 잡고 늘어지는 것도 무례하고 흉한 일일 뿐이다. 셋째, 나는 그럼 얼마나 잘 알고 있는지 끊임없이 점검하고 그 시간에 자기 계발을 더 할 것. 참으로 새로운 지식을 알아냈다고 흥분해서 후배나 학생들에게 자랑하다 그들이 속으로 '이미 너무 잘 알려진 사실인데….' 하고 비웃음 당할 수도 있으니, 자신의 최신 지식이 정말로 최신의 지식이라고 착각하지 말것.

코치와 꼰대의 차이를 요약하면 한 문장이다:

"훌륭한 코치는 선수의 장점을 찾아주지만, 꼰대는 열등감 때문에 좋은 선수도 죽여버린다."

어디 가서 꼭 지적질만 하고 있고 배우는 사람들 사기를 꺾고 있다면 100퍼센트 꼰대이고, 어디 가도 잘 칭찬해서 누군가의 사기를 진작시키고 있다면 죽을 때까지 훌륭한 코치다. 물론 요즘엔 남들의 단점만 찾는 꼰대가 너무 많다. 맞춤법도 모르고 문해력도 없고 문법도 모르면서 꼰대질 하는 댓글들을 읽고 있자면 틀림없이 초등학생이나 중학생 같은데, 꼰대짓을 하는 이들이 보인다.

꼰대는 아니더래도 원래 뇌가 서서히 퇴화하면 쓸데없는 소리, 불필요한 소리를 점점 더 많이 하면서 안 해도 될 잔소리를 하게 된다. 스스로가 말을 해놓고도 잊어버리거나, 그 내용에 대해 자신이 없기 때문에 자꾸 확인하는 것이다. 머리가 빨리빨리 돌아가지 않고 단기 기억력이 쇠퇴해서 이미 했던 이야기를 몇 분 있다 다시 하는 일이 비일비재하다. 이야기를 늘여 하다 보면 자신이 왜 그 주제를 꺼냈는지도 모르고, 거의 자유연상처럼 말은 먼 산으로 간다. 젊은 사람들도 나이든 사람들이 자신들의 이야기 중간에 낄 때 화를 내는 이유를 미리 알면 아마 좀더 조심할 수도 있겠다. 괜히 중간에 말을 끊으면 처음부터 다시 들어야 한다든가, 혹은 논리적 인과 관계를 놓치고 더욱 횡설수설 할 수도 있으니 더 당황스럽다. 나쁜 자기 머리 탓하지 않고, 중간에 '버릇없이' 끼어든 젊은 사람들에게 화를 낼 수도 있으니, 애먼 정 맞지 말고 잘 관찰하시라. 말도 서로 좀 통할 때 주거니 받거니 하는 것이니 그럴 가능성이 별로 없어 보이면 가능한 빨리 이야기를 끝내는 것이 더 이익일 수 있다. 머리가 쓸 만한 사람들은 똑같은 소리 혹은 비논리적인 헛소리만 하는 사람들을 피하게 되니, 그들로서는 말은 점점 많아지는데 외로움은 배가 된다. 가끔 책방이나 길거리를 다니다 보면 혼잣말하는 노인들을 참 많이 본다. 가슴이 아리다.

프란츠 카프카는 아버지의 잔소리가 너무 지겨워서 아예 《아버지께 드리는 편지》라는 책을 써서 어째서 자신의 삶이 아버지 때문에 힘들어졌는지 장황하게 썼다. 마르셀 프루스트의 시에도 노골적으로 아버지의 잔소리를 비난하는 대목이 나온다. 랭보는 자신의 시에서 사랑은 주지 않고, 잔소리만 하고 요구만 하는 어머니를 마녀로 바꿔놓았다. 프로이트의 오이디푸스 콤플렉스니 살부殺父 환상이니 하는 심리 이론도 자신의 경험에서 우러나오는 것일 터. 오죽하면 살부 환상을 가졌겠는가. 하지만 역설적으로 이런 이들의 성공의 자원이 어쩌면 아버지의 확실한 간섭과 독재였다고 해도 아주 틀린 말은 아니다. 문제는 카프카나 프루스트나 랭보가 너무 빨리 세상을 떴다는 것. 만약 아버지와의 갈등이 없었더라면 무병장수했을지 누가 알겠는가. 혹시라도 자녀가 오래 사는 것을 진심으로 위한다면 그들 영혼을 갉아 먹는 잔소리는 접는 게 낫다.

물론 나이 든 것만으로도 서글프고 힘든데 말마저 내 맘대로 못한다고 생각하면 아주 속상할 것이다. 어쩌랴. 자신의 한계를 빨리 깨닫고 내 말을 들어주는 대상을 찾는 것이 현실적이다. 늙은이들이 반려동물, 반려식물 또는 말 못하는 갓난아기들과 오히려 잘 어울리는 이유다. 강아지 두 마리를 입양하고, 갓난 손주를 돌보면서 나도 절실하게 깨닫고 있다. 그들은 어른의 말을 하지 못하니, 내가 한 말이 말이 되는지 말이 안 되는 말인지 따지지 않는다.

아이와 강아지와는 말할 필요 없이 눈만 바라보아도 마음이 통하고 사랑할 수 있다. 그들은 내가 준 사랑보다 몇 배로 훨씬 더 나를 행복하게 해준다. 이것이 사랑의 정수가 아니고 무엇이란 말인가. 참사랑은 참으로 모든 말을 우습게 만든다. 말 같지 않은 말만 하고 있는 사람들은 말을 버려라. 그리고 온몸으로 누군가를 사랑하라. 우리의 몸뚱아리는 세상의 무언가를 위해 쓰라고 잠시 우주가 우리에게 선사한 우연한 현상이자 거치대일 뿐이다.

공짜 없다, 비밀 없다, 정답 없다

늙어 죽어가는 운명을 가졌기 때문인지(우리 눈이 물론 차별하는 것이겠지만) 모든 짐승은 다 어린 새끼가 늙은 짐승들보다 예쁘다. 특히 영장류, 코끼리, 강아지처럼 지능이 다른 짐승보다 나은 종들의 경우에는 늙은 티가 금방 난다. 대사와 움직임이 느려지고, 피부는 늘어져 주름지고 아랫배는 나온다. 중력의 힘은 모든 근육과 피부를 땅에 가깝게 만들고, 늙어 먹이를 먹을 확률이 떨어지니 일단 먹으면 지방으로 축적하기 마련이다. 사람도 짐승인지라, 나이들수록 앞서거니 뒷서거니 예외없이 비슷한 과정으로 늙어가는 게 정상이다. 가끔 의학의 힘을 빌어 피부를 자르고 당겨서 팽팽하게 하는 경우도 있지만, 아무리 좋은 의사를 만나도 '자연'만큼 자연스러울 수는 없다. 보이는 얼굴은 그렇게 바꿀 수 있지만, 보이지 않는 몸까지 통째로 바꾸는 것은 사실상 유명한 배우가 아닌 다음에야 거의 비현실적인 이야기로 보인다.

그래서 늙어가는 내 몸을 바라보는 대신, 외부에서 젊은 애인을 만나 자신이 늙어가는 것을 잠시 잊어버리는 경우도 있는 것 같다. 나이가 많다고 해서 꼭 건강이 나쁜 것도 아니고, 젊지만 신체와 정신이 나이 많은 사람보다 더 나쁜 경우도 없지 않기 때문에, 나이로 사랑의 대상을 결정해야 한다는 것은 일종의 편견이자 차별이다.

사랑은 때로 나이도, 인종도, 종교도 초월할 수 있긴 하다. 클린트 이스트우드나 숀 코네리, 제인 폰다 같은 배우들은 주름진 얼굴에도 불구하고 여전히 화면에서 섹시하다. 그런 노년을 유지하기 위해 얼마나 대단한 노력을 하겠는가. 제인 폰다의 에어로빅 비디오는 젊은 사람들이 따라하기도 힘들어 보인다. 물론 그들이 지금도 뼛속까지 건강한지 아닌지는 별개의 문제지만. 여성을 계속 바꿔가며 결혼한 언론 재벌 테드 터너는 최근 루이바디 치매 진단을 받았다고 한다. 그와 결혼한 젊은 여성이 마지막까지 순정한 마음으로 테드 터너를 사랑할지는 알 수가 없다. 백년해로한 부부들은 같이 늙어가기 때문에 서로의 몸에 대해서 무심하지만, 늙은 애인을 만나는 젊은 애인들이 진심으로 상대방의 늙은 몸을 사랑할 수 있을지는 확인이 되지 않는 문제다.

특히 여성이 나이가 많은 경우에는 종종 조롱과 혐오 혹은 의심의 대상이 된다. 속치마를 입고 나온 배우 박정자가 연기한 연극 '엄마는 오십에 바다를 발견했다'를 30대에 보면서 '늙은 여자가 왜 흉하게 속옷은 입고 나오지?' 라고 생각한 적이 있었다. 60이 넘은 지금은 '아. 그 때의 젊은(?) 박정자는 꽤 섹시했겠구나' 하고 다시 돌아보게 된다. 그러니 80대의 눈에 60대는 여전히 뇌쇄적인 섹스 심벌처럼 보일 수 있다.

대개 모든 대상은 상상할 때나 가지지 못할 때가 제일 신비롭고 아름답다. 많은 이들의 매혹이 현실이 될 때 결국 아예 뒤돌아서거나 혹은 그저 그런 운명이라고 울며 겨자 먹기 식으로 받아들이는 이유다. 그리고 어쩌면 그게 연애와 다른 결혼의 과정이자 순기능이다. 한참 싸울 때 부부의 마음은 '대체 어느 순교자가 결혼이라는 사회적 약속 없이 누군가와 백년해로할 수 있겠나.' 싶을 것이다. 우리는 때로 결혼생활에서 내가 상대방을 위해 희생한다고 믿고 싶지만, 상대방 역시 나를 위해 너무나 많은 것을 양보하고 있다고 생각할 때가 대부분이다. 그리고

두 사람 말은 맞기도 하고, 틀리기도 하다.

다만, 그런 양방의 희생이 아니라 한쪽은 순정이고 한쪽은 거래일 때는 블랙 코미디가 연출된다. 그리고 나이 차이가 참 많이 나면 의식적으로는 순정일 수도 있으나, 무의식적으로는 어떤 어두운 소망이 개입되어 있는지 따져 볼 일이다.

어떤 결혼에 거래가 개입되지 않느냐고? 물론 그렇다. 하지만 나이나 상황이 비슷할 경우, 한쪽이 일방적으로 무언가를 주거나 받기가 어려울 뿐이다. 그리고 결혼의 과정에서 함께 성장할 기회가 더 주어지니, 애초의 엄청난 기대와 환상들이 깨지지만, 함께 극복할 수 있는 시간이 주어진다는 점이 차이라면 차이다. 나이 차이가 너무 많이 나서 괜찮은 사람이 너무 빨리 죽어버린 후, 감당해야 할 공허감이 힘들 뿐이다. 물론 추억만으로도 행복하게 잘 사는 이들도 있다. 그러나 피카소와 결혼하거나 사랑을 나누었던 여자들은 그 중 매우 강한 여자 한 사람을 빼고 자살하거나, 일찍 사별했다는 이야기는 널리 알려져 있다.

처지는 근육을 가리기 위해 비싼 양복을 입어 보지만, 침실에서까지 양복을 입고 잘 수는 없는 노릇이다. 늙은 얼굴을 가리고는 싶고, 노안이 온 눈이라 잘 보이지는 않으니 지나치게 진한 화장을 하게 되어 그저 우스꽝스러운 꼴이 되기 십상이다.

게다가 젊은 연인에게 버림받아 울기라도 한다면 번진 화장은 아름답기는커녕 공포물 주인공처럼 변한다. 그러니 살면서 서로의 나이에 대해 잊어버리고 마음 편히, 비슷하게 눈도 안 보이고, 귀도 안 들리는 사람과 서로의 허물을 덮어주는 쪽이 확률상으로는 좀 안전해 보인다. 물론 세상에는 자기가 죽을 때까지 여자를 바꾼 피카소, 플레이걸들과 사는 휴 헤프너인 줄 착각하고 사는 이들도 있다. 젊은 여인의 속내를 알고 후회하지 않고, 자식들에게 부끄럽지 않을 자신만 있다면야 말릴 수는 없는 노릇.

그러나 대부분은 젊고 새로운 상대가 보기에는 훨씬 더 좋고, 오래 산 내 짝의 단점이 매일 보인다 해도, 웬만하면 그냥 원래대로 산다. 상대방을 너무 좋아해서, 이 사람이 아니면 안 될 것 같아서가 아니다. 상대방을 선택했던 내 의지, 완벽하지 않은 서로를 참으며 견뎌준 그동안의 시간이 갖고 있는 가치를 존중해주려는 자존심 때문이다. 문제는 많지만 황혼 이혼을 꺼리는 이유 중 하나가 지금까지의 내 결혼생활이 아무 의미 없이 끝난다고 한다면 자존심이 너무 상하기 때문이라는 것이다.

오랜 결혼생활을 끌고 가든 단호하게 이혼을 결정하든 아니면 그냥 아무런 법적 책임도 지지 않고 끝까지 독신으로 사랑만 하든, 중요한 것은 상대나 제도가 아니라 자신에 대한 믿음과 자존감이다. 오래 살아온 배우자에게 상처받은 마음, 혹은 아무것도 없어 고생했던 젊은 시절을, 트로피 같은 젊은 애인에게 보상받으려 하는 노년은 살짝 애처로워 보인다. 세상에는 대가 없이 내 아픈 과거를 보상해주는 그 어떤 위대한 존재도 없으니, 그들에게 지불해야 할 비용을 잘 생각해볼 필요가 있다. 세간에 떠돌아다니는 말인 '공짜 없다, 비밀 없다, 정답 없다.'란 명제는 애정률에도 잘 적용되는 것 같다.

통제 대마왕 놀이 금지

나이 들면서 뭔가를 이룬 사람들의 특징 중 하나는 "내가 옳다!", "나를 따르라."는 구호가 생활화되어 있다는 것이다. 물론 그들의 지혜 중 배울 것도 많다. 지혜로운 노인에게는 엄청난 정신적 자원이 축적되어 있다. 그들은 자신들의 지식, 가치관도 함께 젊은이들에게 전달해주려고 한다. 동시에 젊은이들이 뭔가 잘못되는 방향으로 가면 빨리 바로잡아 주려고 의욕 넘치게 통제한다. 그쪽으로 가면 망한다, 어리석다 등등. 그런 조언들이 필요할 때도 있다. 인류 역사가 발전한 이유 중 하나가 언어를 통해 집단 지성이 세대를 넘어 전달되었기 때문인 것이다.

하지만 인터넷이 세상의 모든 지식을 집적하기 시작한 요즘엔 입에서 입으로 경험이 축적되고 전달되었던 과거와는 꽤 다른 현상들이 발생하기 시작했다. 이런 변화는 동서양을 막론하고 도서관이 일반인에게 개방되고, 백과사전 같은 저작물이 쏟아져 나오면서부터 감지되기 시작했다. 한 인간이 머릿속에 쌓아둘 수 있는 지식의 양보다 수백, 수천 배 많은 지식의 양이 사전과 도서관에 들어가 있더니, 이제는 억과 조 단위의 양이 클라우드에 저장된다. 게다가 기계들은 기계학습을 통해 끊임없이 지식을 블랙홀처럼 빨아들인다. 지식이나 정보는 이제 더 이상 개인의 것이 아니고 모두의 것이며 손쉽게 모두가 꺼내볼 수 있는 대상이 되었다. 지식인, 전문가가 사라지고 있는 시대다. 굳이 노인들에게 물어볼 필요 없이 얼마든지 지식과 지혜를 습득할 수 있다. 물론 직관적으로 어떤 것이 꼭 필요한지, 또 어떤 일부터 해야 하는지 헷갈릴 수는 있지만, 그런 일조차도 시뮬레이션 프로그램이나 가상 세계에서 해결되어 가고 있다. 인터넷과 인공지능이 일상이 된 것은, 기성세대의 조언이 잘 먹히지 않는 가장 큰 이유가 된다.

그럼에도 자신들의 어리석음을 젊은이들이 알게 모르게 비웃고 있다는 사실을 받아들이기 힘들 수도 있다. 후배들이 진심으로 따르지 않는다면 힘이나 돈으로라도 젊은 사람들을 휘두르려 하는 이도 있다. 권위주의 사회에서 사고가 많이 나는 이유다. 갑질의 기원은 원래 선의였기 때문에 때론 감옥에 가면서도 당당한 사람들도 있다. 지혜가 아닌 위력으로 젊은 사람들을 다스리다 보면, 때로 자신들의 권한에 도취되어 매우 까다롭고, 비위 맞추기 힘든 상사나 스승이 되기도 한다. "모두가 너 잘되고, 우리 잘 되려고 하는 것이야!" 그들은 자신들이 사라져도 조직은 참으로 잘 돌아가고, 미래도 나름 밝을 수 있고, 세상은 더 평화로워진다는 점을 상상도 못한다. 자신들이 없어지면 사회도 잘못된다고 생각해 전전긍긍한다. 비슷한 사람끼리 모이면 철없는 젊은이들 때문에 어렵게 일군 조직, 집단, 크게는 우리 사회 전체가 망할까 걱정한다. 걱정을 하다 하다 거리로 뛰쳐 나오기도 하고, 구호도 함께 외치며, 목숨 바쳐 나라를 구하려 비장하게 나선다.

집 안에서도 비슷하다. 자녀들의 삶에 일일이 개입하는 것은 오로지 그들을 위한 끝없는 사랑과 배려 때문이라고 말한다. "내가 시키는 대로만 해야지, 그렇지 않으면 엇나가고, 그러다 보면 네 인생은 파멸이야."라고 협박 같은 저주도 한다. 학교, 취직, 결혼, 육아 등 모든 것을 결정하고, 관장하고 통제해야 직성이 풀린다.

그들이 잊고 있는 것, 보고 싶지 않은 것은 자신들을 뛰어 넘는 젊은이들의 능력과 잠재적인 에너지다. 그들이 끊임없이 환기시키고 보고 싶은 것은 젊은이들이 삶의 과정 중에 겪을 수 있는 시행착오와 실수들이다. 누가 도대체 실패를 하지 않고 기술을 연마할 수 있고, 좌절을 겪지 않고 지혜로울 수 있는가? 자신보다 젊은이들을 통제하려는 이들은 그런 기본적인 삶의 원칙은 거부하고, 상대를 자신들의 꼭두각시, 집사, 노예 혹은 로봇으로 만들고 싶어 한다. 그리고 그 마음속 깊이에는 '자신이 사라지고 있다, 쓸모 없어지고 있다'는 것에 대한 불안이 숨어 있다. 불안은 때로 파괴적인 에너지로 작용한다.

강요하면서도, 그것을 상대방에 대한 애정이라고 포장하려 한들 결국 지는 것은 나이 든 사람이다. 영원히 지혜롭고 우월해지려는 욕망은 세월 앞에 무기력해진다. 자신이 철저하게 통제하던 이들이 어느 날 반기를 들면, 그때부터 비참하다고 한다면 더 슬프다. 그런 외롭고 씁쓸한 상황을 미연에 방지하기 위해서는 아주 적절한 시기에 적당하게 뒤로 물러나 관찰자로서의 새로운 자아상을 만들어 가는 것이 필요하다. 그 시점은 죽을 때가 된다고 완성되지도 않는다. 세상의 어떤 의미있던 관계가 고통 없이, 자연스럽게 서로를 놓아줄 수 있겠는가.

자녀가 만약 부모와 다른 무언가를 확실하게 주장하기 시작했다면, 부모는 자연스러운 대세를 거스르지 말고, 자식을 완벽한 타인으로 존중해주기 시작해야 한다. 타인과 나를 분리하기. 힘없는 대상을 함부로 대하지 않기. 내 가치관을 강요하지 않기. 통제 보다는 관용으로 을의 위치에 있는 이들을 편하게 해주기. 자식들이 배워야 할 진짜 덕목이다.

상대방이 내 제자라면, 혹은 내 후배라면, 어떻게 해야 잘 놓아줄 수 있는지, 만나는 시점부터 좋은 이별을 준비할 수 있게 도와주어야 좋은 스승이고 선배다. "내 제자가 나를 배반하고 제 혼자 잘났다고 마구 함부로 굴어!", "기껏 키워 놓았더니 나를 버리고 더 좋은 곳으로 떠나 버렸어. 이래서 제자는 키우면 안 되는 거야!"라고 말한다면 스승의 자격이 없다. 좋은 사부라면 모름지기 제자가 훈련이 끝났으니 하산하겠다고 할 때 떡이라도 가득 챙겨준다든지, 매우 잘 드는 신비한 검이라도 넣어주어야 한다. 나를 버리고 어떻게 갈 수 있냐고 퍼질러 앉아 흐느끼거나 저주하는 것은 제정신을 놓아버린 미친 스승일 뿐이다.

부모도, 스승도 모두 젊은 사람들을 떠나보내는 게 세상 인연의 이치인데, 돈으로 연결된 회사의 관계는 더 말해서 무엇할까. 그저 한시적인 계약 관계에 괜히 사적인 욕심이나 집착하는 태도를 보일 필요가 없다. 앞날이 창창하게 잘 풀리는 회사의 직원들은 자율적으로 또 창의적으로 움직인다. 사수나 사주가 그런 후배나 사원들을 자유롭게 놔두기 때문이다. AI 시대, 기계가 아닌 사람을 고용하는 이유다.

그러니 어느 상황이든 '통제 대마왕' 놀이 따위는 하지 말자. 물론 불편할 수 있고 때론 불쾌하고 외로울 수도 있다. 무시당하는 느낌도 있고, 본인이 불필요한 것 같아 불안하다고 느낄 순간도 종종 찾아온다. 그런 시점들을 잘 견뎌야 한다. 다른 젊은 사람들을 함부로 대하는 대신, 늙었지만 언제라도 무슨 쓰임을 어떻게 받을 지도 모르니 자기가 할 수 있는 다른 새로운 지식을 먼저 배우는 데 매진하는 게 낫다. 존경받기는커녕, 눈치도 없이 세상 물정도 모르는 채 과거 이야기나 하고 고집만 피우는 늙은 외통수가 설 자리는 없기 때문이다.

자연인이 되고 싶은 사람들

요즘 인기 있는 TV 프로그램 '나는 자연인이다'를 보면서 치유된다고 하는 이들이 많다. 그들의 삶은 경쟁 구도에서 빗겨나 안전해 보인다. 누가 로켓을 타고 화성 여행을 꿈꾼다고 해도 별로 부럽지 않은데, 혼자 자연 속에서 살아가는 그들의 뱃심과 노하우는 부럽다. 유유자적한 혼자만의 산골 생활은 매혹적이다. 특히 운전도 않고, 기계문명에 젬병인 사람들은 복잡한 테크놀로지가 없는 단순한 삶이 편해 보인다.

실리콘 밸리의 천재였던 스티브 잡스도 죽기 전에는 '하지 않고, 갖지 않는' 무위의 경지를 얻기 위해 참선을 열심히 했다고 한다. 알츠하이머 병은 언론 재벌 테드 터너, 성공한 정치인 마가렛 대처 수상, 로날드 레이건 대통령 같은 이들에게도 공평하게 찾아온다. 치매가 아니더라도 정상적인 노인들 역시 가진 것을 계속 잃어버리고, 결국에는 세상에 숨는 과정을 하나씩 거치게 된다. 첨단 사회에서 숨다 숨다 결국 도착하는 곳은 한 줌의 재고, 흙 속의 한 자도 안 되는 관이다.

우주선과 인공지능이 조종하는 세상에 대해, 곧 사라질 처지에 이래라 저래라 잔소리한다면 내 꼴만 우습다. 일생 부려먹은 뇌와 몸을 좀 쉬게 하여 젊을 때는 소홀했던 자연의 아름다움, 내 안의 보이지 않는 가치들을 즐기는 것이 훨씬 남는 장사다.

남의 인생을 부러워하고 비교하고 혹은 통제하고 비난하고 비평할 시간에, 외부의 잘못에만 분노를 퍼붓거나 외부의 그럴듯한 모습에 현혹되는 내 마음부터 반성하고 챙겨볼 일이다. 물론, 우리의 눈은 바깥으로만 향해 있기 때문에 내 머리와 내 뱃속에 어떤 버릴 것만 가득 차 있는지는 사실 알기 매우 힘들긴 하지만 말이다.

남의 인생을 부러워하고 비교하고

혹은 통제하고 비난하고 비평할 시간에,

외부의 잘못에만 분노를 퍼붓거나

외부의 그럴듯한 모습에 현혹되는

내 마음부터 반성하고 챙겨볼 일이다.

나가는 글

유쾌하고 따뜻한 유언장을 준비하는 나의 벗에게

돌이켜 보면 좀 부끄럽지만, 우리 젊을 때에 걸핏하면 죽고 싶다고 생각한 적 많았지? 사랑에 실패했을 때 혹은 실망했을 때, 주변의 힘센 사람들(지금 생각하면 참 아무것도 아닌 사람들인데… 그 때는 정말 무서운 괴물 같았어. 그래서 무기력했고….) 때문에 세상에서 제일 무기력한 바보꼴이 되었다고 느꼈을 때, 사는 게 너무 힘들고 버거워서 그냥 쉬고 싶다, 이제는 더 이상 못 견디겠다… 그런 말도 서로에게 했었지.

크고 작은 병에 걸려 죽음의 고비를 넘길 때도 있었어. 아이들 챙기느라 교통사고 날 뻔도 했었고, 집안일과 바깥일 모두에 너무 스트레스 받아 위출혈 생긴 적도 있었고, 과로로 면역력이 너무 낮아져 백혈구 수치가 떨어진 채 살아온 폐가 허옇게 되어 폐렴으로 번졌을 때도 있었지.

소처럼 일하다 그냥 폭삭 쓰러져 입원한 후 사흘 낮밤 잠만 자야 했을 때. 그때는 오히려 죽음을 준비할 시간조차 없었어. 아이들에 대한 책임, 아픈 부모들에 대한 부담, 또 우리를 키워준 사회에 대한 염치, 그런 것 때문에 아마도 죽지 못했겠지만 말이야. 우리가 죽으면 우리 가족의 마음에 꽂힐 칼, 상상해보면 차마 그런 몹쓸 짓은 하면 안 되겠다는…. 그렇게 놓아버린 죽음에 대한 유혹들이 이제 60이 되니, 가라앉는 게 사실은 전혀 신기하지 않네.

어쩌면 굳이 힘들게 죽지 않아도 아주 자연스럽게, 아무에게도 상처나 죄의식 같은 것 심어주지 않고, 고되고 무거운 삶을 떠날 수 있다는 게 축복처럼 느껴질 때도 있어.

낭만적이거나 공포 영화 같거나 비극적으로 죽음을 보는 태도는 나이가 들수록 줄어들게 되는 게 정상인 것 같아. 가만히 있어도 죽음이 조금씩 혹은 확 다가오게 되니까. 점점 더 죽음이라는 가능성은 끝까지 나를 떠나지 않는 충성스런 벗처럼 느껴지기도 하네.

이제부터는 죽음에 대한 쓸데 없는 공포, 배제, 부정의 태도를 버리고 공상이 아니라 현실, 나와 내 삶의 소중한 한 부분으로 죽음을 준비해야겠지.

그러자면 내 소유로 된 모든 것들 조금씩 조금씩 잘 정리해야 할 거야. 그래야 부족한 우리가 남긴 부끄러운 흔적들의 뒤처리를 해야 하는 살아남은 사람들이 번거롭지 않을 거야. 호랑이는 가죽을 남긴다는데, 위인들은 이름을 남기고, 우리같이 평범한 사람들은 쓰레기만 잔뜩 남기고 죽게 되니 말이야.

그러니 나의 사랑하는 벗. 같이 늙어가서 참 고마운 벗이여. 이 책을 들고 읽거든, 조악한 흔적을 완벽하게 지울 수 없는 어떤 평범한 사람이 세상과 가족들에게 자신의 보잘 것 없는 삶과 죽음에 대한 장황한 변명 비슷한 것 적어두었다 생각해주면 좋겠어.

물론 소크라테스의 《변명》 같은 그럴듯한 내용을 기대하지는 말기를. 소크라테스가 젊은이들을 호도하고 있다는 고소인들에게 "나는 사실상 아는 것이 없기 때문에 가르칠 일도 없었다."라고 말했다지. 그저 젊은이들에게 질문만 해서 그들이 알아서 진리를 찾기를 희망하면서 말이야. 소크라테스는 "죽음이란 알 수 없는 것이다. 한데 알지 못하는 것은 우리를 두렵게 하지 못한다. 죽음이란 육체의 소멸일 뿐이며 보이지 않는 정신은 죽지 못하게 한다."는 이야기를 남겼어. 루크레티우스나 몽테뉴도 "죽을 때는 내가 없고, 살아 있을 때는 내가 죽은 게 아니니. 결국 나란 존재는 죽는 게 아니다."라고 얘기를 했고.

나보다 몇 십 배, 몇 백 배 현명하신 분들이 죽음을 두려워할 필요가 없다고 말하셨으니 그냥 그렇게 믿고 따르려고. 역사에서 삶과 죽음의 이치에 대해 우리에게 가르침을 남겨주신 스승들의 숫자는 하늘의 별처럼 많지만, 아둔한 제자들은 가르침의 한 조각이라도 제대로 알 수가 없었지. 소크라테스가 살아 있었을 때도 그러했을 터인데, 나 같은 사람이 죽음과 노화에 대해 뭐라 말하겠어. 아무런 답을 줄 수 없는 게 당연하지. 다만 무례하고 경박한 방식으로 세상에 질문은 해야 할 것 같아. 당신들의 생각은 어떠냐고 말이야.

그래서 이 책을 끝까지 참을성 있게 읽어 준 내 벗들에게 깊이 용서를 구하고 싶어. 이 책에서 내가 주장한 모든 것들 역시 모두 다 헛되고 헛된 소똥 같은 소리일지도 모르지만 말이야. 그러나 모든 것이 다 무의미하다는 궤변론자나 상대주의자가 되기는 싫어.

세상의 귀한 분들처럼 일생을 다 바쳐서 진리를 찾아 헤매지는 못했지만, 다만 매일 밥을 했고 책을 읽었고 몸이 허락하는 한 일했으면 된 거 아닐까. 역사의 한구석에 이름 석자를 결코 남기지 못하는 다른 일개미들처럼. 하지만 그게 최선이었던 거지. 때론 슬펐고, 때론 화났고, 때론 좌절했지만, 그런대로 재미있고 보람도 있었다고 스스로 위안을 삼아도 될 거야.

마이스터 에크하르트가 쓴 글을 내 멋대로 해석해서 인용하며 이 글을 마칠게.

"마지막 순간에 죽음을 두려워하고 삶을 놓지 못한다면 악마가 당신을 찾아올 것이지만, 죽음을 평화롭게 받아들인다면 천사가 찾아와 당신을 자유롭게 놓아줄 것이다."

인생이라는 멋진, 거짓말

2021년 2월 15일 초판 1쇄 | 2022년 6월 22일 3쇄 발행

지은이 이나미
펴낸이 박시형, 최세현

책임편집 조아라 **디자인** 임동렬
마케팅 양근모, 권금숙, 양봉호, 이주형, 박관홍 온라인**마케팅** 신하은, 정문희, 현나래
디지털콘텐츠 김명래, 김혜정 **해외기획** 우정민, 배혜림
경영지원 홍성택, 이진영, 임지윤, 김현우, 강신우
펴낸곳 (주)쌤앤파커스 **출판신고** 2006년 9월 25일 제406-2006-000210호
주소 서울시 마포구 월드컵북로 396 누리꿈스퀘어 비즈니스타워 18층
전화 02-6712-9800 **팩스** 02-6712-9810 **이메일** info@smpk.kr

ISBN 979-11-6534-287-6 (03810)

• 이 책의 국립중앙도서관 출판시도서목록은 서지정보유통지원시스템 홈페이지(http://seoji.nl.go.kr)와 국가자료공동목록시스템(http://www.nl.go.kr/kolisnet)에서 이용하실 수 있습니다.

• 잘못된 책은 구입하신 서점에서 바꿔드립니다.
• 책값은 뒤표지에 있습니다.